大
方
sight

Before Everything

我们！

[美] 维多利亚·雷德尔 —— 著

郭乙瑶 —— 译

中信出版集团 · 北京

图书在版编目（CIP）数据

我们！ /（美）维多利亚·雷德尔著；郭乙瑶译
. --北京：中信出版社，2018. 3
书名原文：Before Everything
ISBN 978 - 7 - 5086 - 8436 - 9

Ⅰ.①我… Ⅱ.①维…②郭… Ⅲ.①长篇小说-美
国-现代 Ⅳ.①I712.45

中国版本图书馆 CIP 数据核字（2017）第 302158 号

我们！

著　者：[美] 维多利亚·雷德尔
译　者：郭乙瑶
策划推广：中信出版社 （China CITIC Press）
出版发行：中信出版集团股份有限公司
　　　　　（北京市朝阳区惠新东街甲4号富盛大厦2座　邮编　100029）
　　　　　（CITIC Publishing Group）
承 印 者：上海盛通时代印刷有限公司

开　本：890mm×1240mm　1/32　　　印　张：9. 625　　字　数：176 千字
版　次：2018 年 3 月第 1 版　　　　印　次：2018 年 3 月第 1 次印刷
京权图字：01 - 2017 - 7355　　　　广告经营许可证：京朝工商广字第 8087 号
书　号：ISBN 978 - 7 - 5086 - 8436 - 9
定　价：48. 00 元

致南希和女孩们

赞美她们，用生命，珍爱着友谊。

——艾德里安娜·里奇

2013 年 3 月下旬

1

淡然

暮春三月的一天，人们都在享受着空气中泥土的清香，安娜拿到了最新的检查结果。安娜已经很坦然了——事实上她也曾几经努力，希望有奇迹发生，但现在，她只是说："就这样吧。"

海星

安娜已经不记得自己是什么时候来到起居室的，她坐在沙发上，她的老朋友们——海伦、茗、卡洛琳、莫莉全都来了。她们怎么会来？谁告诉她们的？她已经把海伦每天的电话转到了语音信箱。当然，可能不是海伦，是她的某个孩子透露的。其实，她想错了，是茗通知了大家。她曾和茗谈起过，从复发到临终医院，一切的一切，她都告诉了茗。最后，她没有给茗任何插话的机会，只是说："你替我和大家说吧。"

"我马上来。我们大家当然都会来。"当时她听到茗这么说时，她曾哽咽着说："不要。"

现在她们都在，她儿时的闺蜜们。能在自己的拱顶起居室里和她们相聚，这种感觉真好。卡洛琳正用她惯常的语气讲着埃利斯，她那位总是麻烦不断的姐姐的故事，她的语气虽然无奈，但听不出挖苦或是自嘲的味道，相反，她总是能用欢快有趣的语言讲述不开心的事情。

她们来看她得花多大力气呀！安娜知道，她们分别从大巴灵顿、曼哈顿、阿灵顿、拉奇蒙特驱车赶来，这一切真是难以想象。离开需要打理的家就几乎是件不可能的事，而她们还要一次次地从放在副驾驶座位上打开的手袋里翻出钱包，去应付那些纵横交错的高速公路收费站、那些加油站。还不仅仅是这些！她感觉这一切的一切构成了一个永不停歇的世界，那个世界本身就是一个复杂的问题，一种消失的语言。虽然她曾经熟悉，但现在的她已然无法处理，无法驾驭。

"大点声儿。"正在厨房熬汤的茗喊道，"我可不想漏掉你们说的话。"

安娜也在努力跟上故事的节奏。或者说，大部分时间是这样。她和她们一起笑着。海伦一如既往地大笑、欢叫。莫莉还是默默地一边笑着，一边擦着眼角的泪花。卡洛琳在眉飞色舞地高声谈笑，时不时突然挥舞一下双手，感觉像是要把空气撕成碎片。

她们笑着，她们五个在一起笑着，甚至对于一些不好笑的事儿，她们也在努力笑着。

真是难以言表，为什么直到现在，只要她们在一起，仿佛都不再是成年女性，而都变回了花季少女。安娜看着她们三个，听着茗在厨房里带着颤音的笑声——她仿佛看到了茗那丝毫不见发福的少女般小巧的身影，此时她脑海里的茗，还留着一头乌黑闪亮的及腰长发，垂垂的，像一块幕布。她脑海里的茗，根本就不是那个每隔六个星期就要去发廊请专业理发师精心地把花白头发修剪出层次的茗。

"你是不是累了，安娜？"海伦一边按摩着她的脚和腿，一边问道。

她的目光沿着自己的身体落在了海伦放在她小腿上的粗粗的手指上。她曾健美的小腿，现在已经没有肌肉了。她一直开海伦的玩笑，说她那不是画家的手，而是码头工人的手。画家的手指要像乔治亚·欧·姬芙的手指那样优雅又细长。但是，海伦的手让人感觉是那么的舒服，被她抚触真好。海伦猜都不用猜就知道她渴望抚触，事实上还真是这样。等海伦的手慢下来时，她把自己的腿放到了海伦的大腿上，轻轻地摩擦着。"我会照顾你的。"海伦说。海伦总是在她需要时出现，并帮她解决问题。海伦，四十年前就答应过要做安娜最好的朋友，而且她从来都没有食言。她伸出双腿，轻触海伦的双手。

莫莉向前探了探身子，把手肘放到了她的膝盖上。这就表示莫莉在倾听。她倾听的时候，全身的肌肉，甚至整个身体都全神贯注。不出安娜所料，莫莉抬起了头，向卡洛琳扬起了嵌着梨窝儿的下巴。

安娜已经好几天没到起居室来了。这里她想看的东西太多了。在那儿，每一面墙上，都挂着艺术品，有些是她自己买的，有些是别人送的。在那儿，桌子上的蓝色玻璃缸里，收藏着来自雷耶斯岬的海星。在那儿，在墙上，悬挂着她在伯文斯镇淘来的用废金属做成的雕塑。在那儿，架子上的梅森罐儿里，簇拥着美丽的红雀羽毛。这些是她花了多少心思和时光收集安置的啊。这一切构成了美妙的静态画面，她是如何做到这些的？所有的忙碌，所有的辛劳，所有的一切，都是那么美。

安娜闭上了眼睛，聆听。朋友们语音中的百转千回、轻快旋律，她都是那么的熟悉。甚至连卡洛琳何时会为找到更精确词语不得不做的停顿，她都了然于心。为什么此刻她会如此的宁静，她无法解释。她甚至从未想过。这宁静，有一部分原因可能是因为她再也不需要抗争了。

老友

六年级结束时，她们的小团体终于有了正式的名字。起因是某个下午的某个玩笑，但她们都喜欢这个名字。有一种长长久久的味道。老友，仿佛在宣示，即便不久的将来，比如马上到来的七年级或是高中时代，还会有其他人走进她们的生命，还会有其他人带来新奇和喜悦，甚至成为一生的朋友，但是，任何人都不是老友的一分子。他们没有和她们一起用蜡笔绘制同样的 T 恤，没有经历这正式的宣誓仪式，没有和她们一起欢呼庆祝。她们喜欢老友这个名字，有种摇滚乐队的感觉，或是一套神秘丛书的感觉。五位少女一致认为，这就是专属于她们的真实，直到永远。

秘密

几天前，她的大儿子一个人在房间里陪着她。

"妈妈。"他拉住了她的手。

她点了点头，表示自己没有睡着。

"妈，我想告诉你个秘密。"

她微笑了。她的第一个孩子，现在已经是大男人了。哦，那些年她是多么替朱利安担心啊，虽然现在看来是她多虑了。那个害羞的小男孩儿，总是在学校院子里长满野草灌木的角落一个人玩耍，那个把棍子插进泥土的小男孩儿，那么认真、那么高兴地一个人玩着，丝毫不理会其他嬉戏的孩子们不时地在身边跑来跑去。"抓到啦！"他们尖叫着，玩着捉迷藏的游戏。游戏是别人的，与他无关。每每接他时，看到他在一个人开心地玩耍，她的心都会有些痛。她是多么希望他是操场上那群玩耍的孩子们的核心啊，那个被称为船长的孩子。

现在他就在眼前，已经长成了风度翩翩的男人，还是那么安静，还是会孩子气地傻笑，还是最喜欢一个人在林子里探险，寻找些羊肚菌之类的东西。

"妈，"朱利安又说道，"我有个秘密。"

她点点头。

"你睁开眼睛好吗？"

她愿意为他做一切事情。她的眼皮是那么的重，那么的涩，甚至比她吃的药都要涩，她感觉到那种厚重的沉、厚重的涩，沉淀在她的骨缝儿里，流淌在她的血液中。

她睁开了眼睛。

真帅。他的脸像极了他的父亲，黑色的卷发上也罩着一层光晕。他背对着窗子站着。她看见了窗帘上的蕾丝，透过窗帘，她看到了院子里的树。她的蕾丝，她的吊着水晶挂饰的窗子，她的曾经供三个孩子玩耍的院子。这一切，很快就不再属于她了。

"说吧，儿子。"

8

"我们要有孩子了。"

幸福的感觉迅速弥漫了她的全身。即使是在这最后的日子，她还是感到了幸福，这种突如其来的幸福，霎时间有些尖锐的疼痛。不管怎样，这都是极致的幸福，不是么？

"我们不想告诉任何人。现在还不想，但我们就是想告诉你。"

她第一个孩子的孩子。她曾经那么热爱他在腹中的感觉，甚至在足月后即将临盆时，她希望把生产的过程拉长，她曾说，她希望细细体味生产时那专属于她自己的每一个瞬间。那天她足足生了十八个小时，剧烈的疼痛让她蜷成一团，最后还是求助了药物，就为这件事，她的朋友们笑话了她好多年。最后，她的孩子终于来到了这个世界，他是那么的完美——嘴唇、手、脚，从此，她彻底改变了。

她在床上坐了起来，吻了吻她的儿子。"你一定会是个好爸爸。"她轻声说道。她把一只手放在他的肩上，注视着他，郑重地注视着他。她想让他知道，这是他的母亲对即将成为父亲的他的注视。

风吹透了窗棂，春天的风，最后的，最好的秘密。

她微笑。"我不会告诉任何人的。"

永远

"你的气色好多了，真的，绝对不骗你。"海伦用拇指按摩着安娜的足弓。“不过，我们还得想办法解决这个问题。”她边说边用沾满颜料的手指按了按安娜长长的，但不再平滑的胫骨。真是已经皮包骨头了啊。她伸开短粗的手指，就可以握住安娜的腿。

“这次我们就剩一条路可走了，海丽[1]。”安娜说道。

“不对，”海伦立即反驳道，“我们有一整天的时间想办法呢。”其实，在安娜还没有这么瘦弱之前，她还可以慢慢地在弥漫着消毒水气味的医院病房走廊里散散步，那时安娜就曾拄着拐杖说过：“真的，海伦，这回真是躲不过去了。”在这样的时候，海伦总是能够机智地回答：“嘁，你该想想你上个月是什么德行，还不如现在呢。”真心——绝对真心——从孩提时代起，她们就发誓彼此要真心相待，绝不说谎。守护这样的誓言，对于七岁的密友来说，不难，对于十二岁情窦初开的少女来说，也不难。但是，随着年龄的增长，真话有时真的会造成伤害，对这誓言的守护就不再那么容易了，尤其是在鼓励变得更加重要的时候。海伦想起了ICU里各种仪器的噪音，想起了那一个个清晨，她拉开窗帘，站在安娜的身边，但浑身插满管子的安娜仍在昏睡。“嘿，美女，”海伦会说，“再不醒来就要错过美景啦！你已经好多啦。”

1　安娜称呼海伦的昵称。——译者注（若无特别标明，本书注解均为译者注）

但是现在，说实话或是鼓励的话似乎已经没有保持警醒重要了。海伦整个人都乱了。关键时刻到了。多年以来，她们一直每天都通话。即便只是短信，那也代表着联系。最近几年，因为海伦常常是在迪拜、香港、迈阿密、巴黎，所以由于时差的关系她经常是在奇怪的时间给安娜打电话。

"我是在你的明天给你打电话呢。"海伦在悉尼的时候会这样说。

"你在艺术世界里如鱼得水啊，丫头！"安娜夸赞海伦时从不吝啬。

如果海伦询问有什么新情况时，安娜会对着话筒吹吹气，说："我还是不能去摇滚音乐厅呢，如果你想知道的就是这个。"

"嘿，加油啊，宝贝。我们可不能长生不老啊。"然后她们会大笑，驱除灾难的阴霾。

但是，这一次，海伦动摇了，情况也变得无法控制了。虽然她的行程会带来诸多不便，但海伦还是坚持每天都打一个电话，不过最近两个星期，她发现安娜不回短信了。"喂，爱可不能是单行线啊。"她在布拉格时用乡村音乐的调子给安娜留了条语音信息。

然后，一周之前，当她正在罗马吃晚餐时，她接到了茗的电话，听到茗惶急地说："你得过来了，海伦。"

狗狗

宙斯低声呜咽着。宙斯是只茶杯贵妇犬，乱乱的毛发，像只小刺猬，或是像安娜脚下地板上扔着的那只毛绒拖鞋。当海伦和安娜坐在双人沙发上时，宙斯向她们露出了它细碎的牙齿。

了结

1. 再也不要静脉注射了。一次都不要。

2. 再也不要面临下一次难关。在下一次心悸之前，又是一轮"感谢上帝，我还活着"的日子——想想沿着后院的小径，穿过皑皑白雪，欣赏断崖美景；或是周末的晚上，凑近麦克风，跟着乐队的节奏，哼唱出《艰难之旅》的最后一句。

3. 再也不要一个人默默地挣扎，连从大门走向自己的车这么一小段路都要停下来喘口气——这只是感冒了。晚冬的寒冷让谷里的每个人都感冒了——直到感冒变成了肺炎，直到鲁本发现她在毯子下面蜷成一团，直到医生要求她做全面检查。

4. 再也不要做扫描检查。

5. 再也不要问鲍比，那个扎着马尾的竹竿似的拍片医生，他看到了什么，再也不要听他说："我就是个拍片儿的，安娜，你知道我看不懂这些。"而自己说："别胡扯了，鲍比。都已经这么多年了，所以你就告诉我看到了什么吧。"

6. 再也不要期望病情缓解。

7. 再也不要忍受病情复发。

8. 再也不要听从医疗团队的建议去尝试什么新疗法。

9. 再也不要吞咽那成卡车的药物。

10. 第四次缓解就要结束了，她已经精疲力竭，是啊！你好，世界！她来了——又回到往日生活的荣光，又回到巅峰时刻——又回到学校，回到数学研究中心，又开始约见朋友，又开始在周六的晚上和她的大篷车乐队出门巡演，又开始和她业已成年的孩子们分享他们的喜悦——工作、爱情，这些琐事他们都会打电话告诉安娜，每次都会小心翼翼地问："妈妈，今天感觉怎么样？"

饥饿

"我想吃点东西。"很奇怪，安娜突然感到有些饿了。但她说完这句话马上就后悔了，朋友们的反应太过热切了。她们手忙脚乱，尽可能多地给她搬来了食物。她们的反应太积极，太热切了。海伦把一个米色的天鹅绒枕头塞到安娜身后，这样安娜可以坐直一些。

"太多了。"她看着茗把碗放到大理石面的桌子上。莫莉随后在汤碗旁边放了一块儿面包和一片三文鱼。她们看来是要把她当作小孩子来喂了。

"挑你想吃的东西吃。"看着安娜就着勺子在吮汤，茗的脸上闪着胜利的光芒。

看到她喝了一勺奶油菠菜蘑菇汤，茗特别开心。她的双眼充满了期待。安娜强迫自己又把勺子放到唇边。其实，即便到了此刻，安娜也还是希望能给别人带来些许的快乐，尤其是茗。安娜知道，她无法应付茗每天都要应付的一切——女儿莉莉的一次次突然发病。每天每天，对灾难的恐惧，对救护车的恐惧，对难熬的治疗的恐惧。然后是那次可怕的开颅手术。手术成功了，却要一生都忍受其他孩子的嘲笑，一生都要忍受特殊的治疗——不，安娜想，如果是她有这样一个孩子，她一定会崩溃的。

浓浓的、温温的奶油汤味道不错。就是这样，食物曾经可以带来快乐。那是另一种美。以前，她无法理解自己在众目睽睽之下还会有进餐的愿望。食物给口腔带来快感。聊天也是一种快乐。但是边吃边聊，快感就大大降低了。

话题转向了日常琐事。但大家总是停下来观察，观察安娜到底吃了多少。

她切下来一小片三文鱼，并让它在口腔里慢慢融化。

莫莉在特雷莎的书桌抽屉里发现了香烟，正和大家唠叨着她的忧虑。她的女儿到底抽了多少烟。她发现最近和女儿沟通有困难。她们曾多次发生冲突。莫莉的手指插入了她的短发里。"她现在的样子你们根本就认不出来了。"

安娜想，如果提醒一下莫莉：十一年级时，她们也曾每天下午都溜到学校后边的树林里去偷吸大麻。这样会不会有些帮助呢？那时她们可是吸了不少罐的香烟呢。那时她们也没少和父母发生冲突呢。

把勺子举到嘴边需要花这么多力气，喝汤也是需要花力气的。

好了好了，莫莉，一切都会没事的。

莫莉和赛瑞纳。她们的两个孩子。曾经，这一切都显得那么前卫——女人，跨种族婚姻，孩子——莫莉曾为这些抗争过。十八年后，她们各自都有了婚姻。莫莉在波士顿郊区有所房子，离她们长大的故乡只有几英里远。很好的疗伤良方。现在，莫莉那头马鬃一般浓密的金发也已灰白，修剪成她母亲那种齐齐的短发。赛瑞纳正在谈论离开她的外科团队，退休的事。

我们也曾经是孩子。要给孩子成长的时间。安娜想，老友真的是已经老了啊。

然后她想起了儿子告诉她的秘密。他那美丽的秘密。他要做父亲了。他来她的房间告诉她这个秘密是不是就是昨天的事？她们都是她最亲密的朋友。她可以和她们吹吹牛。她们一定会和她一样开心的。她们曾一起度过孩提时代，又曾一起步入母亲的行列。她们会理解这一切对于她来说意味着什么。不过，她不会告诉她们。甚至和她分享秘密最多的海伦也不告诉。她几乎不敢看海伦。不过，她还是什么都不会告诉她。除了遵守诺言，她还有什么可以留给儿子呢？

何时

首先是茗，同年是安娜，然后是卡洛琳，再后是海伦生孩子，最后是莫莉——接受了同一个不知名的捐赠者的精子，生了两个女儿。她们生了一共 12 个孩子。让她们一直觉得惊奇的是，"妈妈"，其中一个孩子喊的时候，其实当其他孩子这样喊时也一样，她们都会下意识地回应："哎。"

还有，其他好消息

她的头发又留长了。她赢了。她还保留着第一个假发，手工编的，价格不菲，购于波士顿纽伯里购物街的一家精品店。那直直硬硬的前刘海让安娜看起来像个正统古板的年轻小媳妇。后来她就还是用便宜的人造假发，发型多变，一个深棕色，一个烟丝色，一个波波头造型。还有一个，是为了向史蒂薇·妮克丝[1]致敬。第三次——嗨，她是要和谁开玩笑吗？——有时戴着松松垮垮的棉布帽子，有时是针织帽子。

---

1 史蒂薇·妮克丝（Stevie Nicks），歌手，流行音乐家。美国加州知名乐团佛利伍麦克（Fleetwood Mac）的灵魂人物。

泡沫

　　她们刚把安娜不知穿了多久的绑腿和 T 恤脱下来，就扶着安娜去了浴室，这时莫莉给了海伦一个犹疑的眼神。她们用浴巾包裹住她的身体。她们为什么不把这个任务交给护士来做呢？莫莉和安娜一起站在淋雨喷头下面，海伦站在喷头外扶着安娜的另一只胳膊。她们一直在闲聊着。就像她们以前一直一起做的那样，就像在某次聚会，在晚餐开始前，她们会成批量地把孩子扔进浴缸。海伦和莫莉默契地配合着。每人负责一只胳膊，在抹浴液时保证安娜的安全。皮肤粗糙干燥，青一块紫一块。是不是轻轻一碰，就会支离破碎呢？她们仔细检查，看皮肤是否有小伤口。还好，没有。莫莉抬起了安娜的一只胳膊，海伦环住了安娜的身体。然后海伦抬起她另一只胳膊，莫莉环住了她的身体。她们不会对任何人说起她的四肢，已经无法用语言来描述她的腿变成了什么样子。海伦这时又开始了闲聊，说起她们高中认识的一个男生现在进了监狱。还说，记得艾迪吗？他婚后去了南方，但妻子却和瑜伽教练私奔了。而且，他的妻子还赚了大把的钱。显然，他很多金。小的时候谁会想到是这样呢？她们一直认为，高中时的艾迪，除了长得蛮精神，其他好像一无是处。

　　"你和他还有段故事的吧？"莫莉问安娜。

安娜的嘴唇发紫，浑身打颤。莫莉示意海伦关上花洒。

"你就是和艾迪有故事。"看到莫莉帮助安娜迈出浴缸，海伦张开浴巾。

"我和很多男生都有故事。"安娜说道。

"他们真幸运。"莫莉边说边扶住安娜，海伦用浴巾给她擦干身体。

艺术史（一）

海伦的手指在牛仔裤上擦来擦去。她虽然不希望这样，但还是边看边衡量着身体与身体之间的距离。安娜坐在双人沙发上的那个瘦弱的身体，还有其他几个人围在周围的样子。她们都身体前倾，面向安娜，表情悲伤沮丧。她们的样子，让人想起几百年来描摹临终的油画。房间，流光。有谁没有画过这个？伦勃朗、毕加索、蒙克。那些描绘男人聚集在上帝周围的油画。阿隆索·查普尔的油画，画中有许多人聚集在林肯的房间向他致敬。海伦捕捉到了轮廓，柔软的沙发和靠背硬朗的线条。朋友们都围绕在安娜周围，安娜淡淡地泛着青色的苍白的面孔。朋友们都在尽可能地帮她鼓足勇气。这些，当然都是绘画研究的一个组成部分。油画中总会有人目光射向别处。而且有人的目光在与观众对视，像是在祈祷。

"我真的是感觉不错。奇怪吧?"安娜的眼睛闪着光，双颊绯红。她坐直了些，把海伦塞在她身后的天鹅绒枕头放到了一边。

"你气色真好。"海伦鼓励道。

安娜哼唱着比吉斯（Bee Gees）[1] 的三重唱：活着，活着。其他人也挽起了手臂，为她和声：啊，哈，哈，哈，活着。安娜的声音很有底气。卡洛琳唱着主旋律。多少年来，她们有多少次在一起歌唱啊——艾瑞莎、帕克、凯特·斯蒂文森——即便是在一起混日子也那么美妙。至少对她们来说是这样。

"是汤的作用啊。"茗的脸闪着喜悦的光，"我要占头功啊。"

"我今天根本就没有想让你们来的，"安娜承认道，"这个看起来很有戏剧性啊。不过感觉真好。有点奇怪啊。好像我感觉更好啦。"

"那你就继续治疗啊，"海伦插话道，"你之前做得那么好。"海伦努力让自己的语气平静些，少一些训话的味道，更多的是要支持和鼓励。"不是一般的好，你简直就是个

---

1 由 Barry Gibb，Robin Gibb 和 Maurice Gibb 三兄弟于 1958 年组成的组合。自 1964 年始，以完美的合音技巧在二十世纪六七十年代蜚声乐坛，被誉为史上最成功及最完美的三重唱。《活着》（*Stayin' Alive*）是比吉斯于 1977 年发表的一支迪斯科舞曲。本书中对此曲的引用得到了艾尔弗雷德音乐（Alfred Music）的授权。

奇迹。"

"你感觉好多了，光这个就让我开心。"卡洛琳说道。

"不仅仅是感觉好，"海伦打断道，"安娜又胜利了。这是又一个回合的胜利啊。就是这样。什么临终医院，太可笑了。"

海伦给茗使了个眼色，让茗附和她。茗的眼里涌出了泪水，马上移开了目光。

情况真的如此吗？突然，大家都沉默了。她们已经花了两个小时东拉西扯。她们都已经目睹了另一个意外之喜。没有理由再有更多的期待。一切该是顺理成章，仅仅是希望是不够的。

海伦在安娜身后直了直身体。她沿着沙发靠背，慢慢站了起来。她需要站起来。需要看到每个人的脸。真令人沮丧。难道不是安娜自己唱出了"活着"两个字吗？难道不是安娜自己也说感觉好多了吗？

她向安娜的方向看去，目光里满是鼓励。"我问个最基本的问题，"海伦提出，"现在我们就表决一下，就在这里，谁认为临终医院是个好主意啊？举手。"

她的话让整个屋子里的气氛都紧张起来，她让大家都感到压力满满，好像她马上就要喊"一、二、三"了。

"你说，茗，你觉得临终医院这个思路对吗？"当海伦让茗发表意见时，茗胆怯了。

"这是安娜的决定。"茗干巴巴地回应。

"我们是从什么时候开始，都是各自做决定，大家都不再参与了？我们以前都是一起做决定的呀。"

海伦是不是需要提醒她们，安娜已经打算放弃治疗了呢？她需要提醒茗那个残酷的日子，当安娜的口腔和喉咙由于药物的影响长满了水泡而痛苦难当时，安娜低声说道："够了。我要放弃了。"她们两个当时都说："我们理解。"那时安娜的两个兄弟慌慌张张地为了她跑来，勉强答应调整治疗方案。他们当时说，再坚持一个月，再做决定吧。海伦是不是真的要提醒每一个人，不到一年以前，在红茉莉音乐会开始前，她们在大巴灵顿的一家泰国风味餐厅聚餐时，安娜是怎样承认自己为曾考虑放弃治疗感到羞愧呢？她曾经对她们的坚持而表达了感激之情。她们已经共同度过了那么多的巅峰之夜——"巅峰之夜"就是安娜用的词。"就像今晚，"安娜微笑道，"还没有去听音乐会，我们就已经在享受巅峰时刻了。""坚守信念，为你，那就是我们的事业。"海伦迫不及待地插话道，"那就是朋友的意义。"她们突然就字正腔圆地、轻轻地、充满感情地一起哼唱起《那就是朋友的意义》，后来卡洛琳和安娜又合唱了卡洛尔·金的《你已经有了好朋友》。

现在海伦又在恳求道："我们再创造一次巅峰时刻怎么样？"她顿了顿。她已经不在意自己的语气是不是听起来像是在恳求，"你说你现在感觉好了。求你。"

"我已经和孩子们都说了，海丽。我已经把她们弄上船了。"

"那太愚蠢了，安娜。"

"海伦，别说了。"莫莉插了进来。

"就再试一次不行吗？"如果没有人支持她的想法，海伦就得坚决一些。"最关键的问题出在哪里了？临终医院会发疯吗？如果安娜改变了主意，她们难道会杀了她？"

"海伦。"安娜拍了拍身边的垫子。

"不，安娜。"这一次决不再像以前一样，让安娜来作主了。

"这是我唯一能做的了。"安娜的嗓音很清亮，没有一丝的疲惫和颤抖。话音里已经没有了以往的固执。她的声音听起来那么随和，那么爱意浓浓。"你会渐渐地适应我的决定的。"

听到这个，海伦猛地拉开了落地玻璃门，冲到了游廊上。"我会适应你的决定？这就是全部的问题。"

1965 年，小兔子邦尼

二年级的第一天。安娜在课间休息时和其他女孩子站成了一圈。她的浓密闪亮的头发紧紧地编成了辫子。她精致的耳朵，撩人！耳垂上戴着石榴石。她从哪里来？新加入者的身份让人感到她充满了异国情调。她对其他女孩子介绍说，自己有两个兄弟，一只叫啵啵的狗，一只叫天天的猫，还有一只她和父亲一起救助的受伤的乌鸦。乌鸦也有名字——安娜。其他女孩子叫道："乌鸦和你同名啊?"是啊，她和她爸爸救助了好多鸟呢，还有兔子。等它们伤势复原后就放了它们。她收留过受伤的兔子，走失的兔子。她用夹板固定那些她在沼泽草丛中发现的鸟儿的伤腿。她把它们都命名为安娜。

多年以后，在安娜和鲁本的婚礼上，海伦举起酒杯，讲述了这个故事。"想想那些兔子们。我想说的是，如果安娜觉得自己不会被逮到的话，她可能会把在座的所有人都命名为安娜。"

"就在那里，二年级时的操场上。"海伦边笑边说，"我当时就下定决心，今生一定不让这个古怪精灵的人脱离我的视线。我们的友谊一定是一生的奇迹。"

婚礼接近尾声，当大家都拿起叉子，准备再享用一块放在拼起来的大桌子上的多层奶油结婚蛋糕时，安娜的爸爸坐到了海伦身边。

"祝酒词说得真棒，丫头。"他看起来很疲惫，但是很开心。

"谢谢您，斯巴克先生。如果这点儿事儿都不能为老朋友做好，那要朋友干什么?"

"很有趣。"安娜爸爸喝了口酒,海伦甚至不记得他坐在身边时曾端着酒杯。"我就是过来告诉你,我们从来没有救治过动物。没救治过任何受伤的动物。无论是兔子,还是鸟,都没有。"

究竟

全心全意。心脏病。心与心。真心流露。

事情的核心?

问题就出在她的心。在胸前画十字,祈求死亡。

NK/T细胞淋巴瘤,最罕见的细胞瘤,而安娜的病情,又是细胞淋巴癌中最严重的。癌细胞出现在左心房。心脏的持续博血,本来是不适合任何东西生长的。所以在这个领域,目前尚属首例。医生打开她的胸腔,发现第一次遇到这样的病例。医生们锯断了她的肋骨,想确定是否有切除的可能,但是他们发现,癌细胞已经扩撒,已经深深地长在了心室壁上,他们只好做了缝合术。安娜开始了化疗,一共四个疗程。但是,仅仅凭借化疗,不开胸做手术,它真的会变小吗?会诊的医生们看着她的心电图,都在摇头。

甚至现在,最后的时刻,当他们听说它又重回安娜的心脏,谁还有勇气再坚持下去呢?

确切

如果不用医学术语，那么，NK代表什么？

唉，自然杀手（Natural Killer）。

1975年，你怎么了？

两个女孩子俯瞰着通向铁路的陡峭的深谷。草木逢春，满眼都是生机盎然的、令人心旷神怡的新绿。风从路基上阵阵吹来。一切都在随风舞蹈。海伦感觉到了迷幻般的兴奋，甚至悬崖峭壁都在光影中颤动。

安娜说太棒了，这种震颤的感觉太刺激了。她想再抽一支含大麻的烟卷。

"你自己抽吧。"海伦说。

安娜还可以再抽一支，她也想再抽一支。她总是能把海伦比下去。一直如此。好像安娜一直都是伙伴中的佼佼者。她和莫莉和茗在聚会中纵情欢乐。海伦希望自己也有这样的能力。即使现在安娜已然骨瘦如柴，但她还是那么甜美，那么可爱，那么漂亮。海伦的心头再一次掠过一丝羡慕。

一辆火车在脚下飞驰而过。通向城市的火车。

"往后仰。"安娜伸开双臂，感受着火车给山体带来的震动。

海伦感到自己的膝盖撑不住了，只好通过夹紧双腿来控制自己打颤。她努力平视前方，动也不敢动。她需要坚实的土地来支撑自己。

安娜在两支烟的间隙玩了个蟑螂趴。"咱们至少也要把这个抽完。"安娜把火柴递给了海伦。

上星期六晚上，在海伦根本就不愿意参加的另一个聚会上，一个男孩走过来拍了拍她的头，说，安娜需要她。她在后院找到了安娜，被一群女孩子围着。"海伦来了。"女孩子们马上散开，让海伦靠近安娜。安娜的状态糟透了。简直可以用乱七八糟来形容——醉酒、呆滞、哭闹，一塌糊涂。安娜向海伦靠过来，挥舞着胳膊，胳膊上沾着些黏糊糊的东西。

"我就知道你会来的。"她反反复复地说道，好像在重复着神的启示一样。

海伦脱下了她的法兰绒衬衫，给安娜擦了擦嘴上和胳膊上的呕吐物。

"我需要你来告诉我，我不是一个大傻瓜。他恨我。"

安娜的头发里都沾满了呕吐物。海伦根本就不知道那个"他"到底是谁，因为根本就不存在那样一个安娜值得去浪费亿万分之一秒时间的"他"。当然就没有必要去做什么解释了。

想让醉鬼明白过来根本就不是件容易的事，但海伦还是把安娜弄出了院子。她们看到茗和莫莉就站在屋前，三个女孩领着安娜穿过了郊区的街道。她们故意把回家的路拖长，让安娜多走走以便醒酒。凉爽的春夜，她们待在户外。安娜从外表上看状态还不错。她们在空旷的街道上玩着侧手翻游戏。女孩子们在都铎-克洛尼尔大型社区里闲逛，这里的每一所房屋的屋前都有迂回的车道、漂亮的庭院，屋后都有游泳池。

"我们玩跳水吧。"安娜热切地提议道。

"这才四月啊。"茗说。

"那怕什么。我准备跳了。"

"你可以跳，安娜。"海伦干巴巴地说，"不过最好等泳池灌满了水再跳。"

现在，因为风和颤抖的手指，点支烟卷对海伦来说都是一件困难的事。

"你没救了。"安娜说。

"我醉了。"就是这样，海伦的感觉就是——醉了——不是因为战栗或是颤动，而是因为能够和她最好的朋友待在树林里。

"我真的醉了，"海伦像在唱歌一样，"非常陶醉。"

"你怎么了，醉了?"安娜抑扬顿挫地问道。随后女孩们情不自禁地大笑起来。

"你怎么了，醉了?"这次用英音问道。

然后是法语。

她们有点歇斯底里，对，就是歇斯底里。等她们回去时，已经差不多彻底清醒了，也不记得她们两个是谁用硬硬的德语口音说："你怎么了，醉了？"

半个丈夫

鲁本提着大大的购物袋艰难地穿过后门时，卡洛琳接过了袋子，随后，几位女士，一个接一个地和他紧紧拥抱，这些举动在安娜眼中就像是上个世纪的集体舞。几年前她就应该恳求过他给她与朋友们相聚的时间。自从他们分开，最近的几年间，如果鲁本没有提前打电话就来她家的话，她会冲他瞪眼睛，用毫无感情的语气告诉他离开，别打扰她们。对于安娜决绝的态度，海伦还和她争论过："你别不承认了，这其实就是你想要的婚姻状态，安娜，你想要半个丈夫。分居很适合你。如果不是你那么认死理儿，你早就看清楚这一点了。"

现在，虽然对于过去的不快还有一点点的记忆——他们到底算什么关系？——鲁本能来，安娜还是很高兴。不用为了他而努力振作。在鲁本面前，无需伪装。

不过海伦去哪儿了？

她气愤地摔门而出了。她不在房间里。

鲁本把木质卫生纸架上已经空了的纸筒换了下来。然后就开始整理买来的日用品。他非常喜欢这项工作，总是觉得有成就感。需要做的事情太多了，清单长得没有尽头。安娜一直就想压制她丈夫这让人疲惫的旺盛精力，让人生气的旺盛精力，让人窒息的旺盛精力。

"我做错了。"有一天，鲁本把安娜原来的床拿了出去，在他安装可自动调节的新床时安娜说道。原来的床曾经是他们两个人的床，卧室也曾是他们两个人的卧室。现在卧室变成她一个人的。鲁本在附近的小镇另外租了房子。她一直拒绝涉足他新租的房子。但是，在她需要安装新买的可调节的新床时，他还是来帮忙了。"我想，如果能让你留下来，我可以做任何事。"当鲁本展开平整的床单，准备铺在盖着塑料的床垫上时，安娜坐在房间角落的椅子上说道，"无论过去我们之间发生了什么，我想我该负主要责任。"

安娜看着茗给鲁本端来一碗汤，莫莉随后拿来了那碟三文鱼。鲁本向汤碗俯下了身子。

她们把他当作了和她一样的病号，安娜想，以为食物可以战胜一切。在过去的几年中，她要求她的朋友们都表现出对她绝对的忠诚。如果他不能按她的要求重新回到她的生活中来，那么她们谁都不允许和他说一句话。

现在她的朋友们都围着他，给他吃的。可怜的鲁本。他弓起身子，好像吃东西会带来痛苦。她曾觉得他是个充满孩子气的男人。他还是满头卷发。但是现在，头顶部的头发已经开始稀疏了。

他们的儿子告诉鲁本了吗？看着鲁本边吃边和茗说着话，安娜可以确定，鲁本还不知道他们的儿子的生活将发生怎样的变化。这秘密属于她。这秘密点燃了她内心最后的火。妈妈，我想告诉个秘密。

他们犯过好多错误。但是，他们的儿子还是来到了她的房间。这专属于她。她不会告诉他。今后鲁本会拥有一切。现在，就让这一切先专属于她吧。

他累透了。好像都已经举不起汤勺了。一个精疲力竭的男人在负责地帮助她，面对死亡。

1978 年，相信我

在那个不寻常的周四晚上，就在那个酒吧，坐着那个和她一起孕育了新生命的男人。有些奇异，在第二次约会时安娜就发现了这一点。他绿色的眼睛，深色的卷发。他们孕育了漂亮的孩子。他们会结婚的。他们的孩子也一定会很漂亮的。

她知道，她不应该现在就想生孩子的事情。他们才十九岁，还在读大学。安娜不敢向任何人承认现在就怀了孩子这件事让她多么开心。海伦会憎恶的，会说她是古董，会指责她有悖于女性主义理念。茗和那位人类学家去了危地马拉的山里考察。茗一直说自己最想要的就是旅行，走得越远越好。那位人类学家很棒，却不是最适合茗的。卡洛琳辍学了，离开了就读的大学，安娜知道的只是她还得依赖父母生活，谈恋爱几乎就是奢望。莫莉不喜欢男性，非常推崇来自女性朋友的快乐和赞扬。最近她喜欢用"繁殖者"这个词。甚至安娜的母亲也一再强调：事业第一，事业第一。

安娜环顾了一下酒吧，想把一切尽收眼底。她希望酒吧里有特别的灯光氛围。她可以向朋友们炫耀。当然，她可以明天再给海伦打电话，告诉她一切。即使她可能会被嘲笑为古董。

当然，还不只是为了海伦，她还想收集每一个细节，以便多年以后可以给他们的孩子讲述他们的故事："第二次在威斯克酒吧和你们的父亲约会后，我就知道我会和你们的父亲结婚。"那样，那时，这一切就不显得疯狂了。事情就会是这个样子，无可规避。

酒吧还是那样的酒吧，昏暗的灯光，和每一个晚上一样。围在弹子机前争论投掷技巧的还是那一群人。墙壁也还是那面丑陋的、污渍斑斑的墙壁。灯还是那绿色的球灯。现在所有的相同都变得那么的不同。安娜想，事情就是这样的啊，唱机播放着罗金思和梅西纳翻唱的摇滚版肯尼罗根斯的金曲，要是播放更加浪漫一些的乐曲就好了。杰西·科林·杨的《日光》[1]。对，那就是她对你的感觉。安娜知道，平

---

1 《日光》（*Sunlight*），杰西·科林·杨（Jesse colin Young）作词作曲。Pigfoot Music 版权所有（1969 年）。再版已获杰西·科林·杨授权。

凡中往往藏着惊喜。但没有装饰，往往不会留下印象。她更是希望不这么平凡。但是，就是静静地看着鲁本就够了，感受着他的热情和真诚就够了。还有他那顽皮的、坏坏的微笑。她清楚地知道他走进了她的心。这一切都会明了的。而现在，一切都是那么完美，她知道一切都在不言中，鲁本将是她孩子的父亲，她的生活将会与众不同，孩提时的她就已经知道了这一点。

"其实这学期一开学我就想和你搭话来着。"鲁本承认道。

"被人关注，感觉真好。"安娜说。

"关注？"鲁本笑了，"你可是校园里最有杀伤力的女孩子了。"杀伤力？鲁本什么时候用过这样的词描述女孩子？他一贯的用词是女人，而不是女孩子。不过鲁本可不仅仅是想用甜言蜜语哄安娜和他上床。他已经被迷住了——"妈的"——从头到脚都被迷住了。第二次约会时他还不能承认这个，承认自己爱上了安娜，感觉那么老土。她长长的深色卷发。那双不可思议的绿色的眼睛。还不仅仅是因为她漂亮。是啊，具有杀伤力的漂亮。也不仅仅是因为她爱笑，那最让人兴奋的笑声。更不仅仅是因为她认真地撅起美丽的红唇，全心全意地看着他，问着一些他知道自己回答不上但偏又努力回答的深邃的问题。不，他真的是爱上她了，他们是认真的。她就要生下他的孩子。现在，一切都证实是真的。

鲁本知道，他最好闭上嘴。不能谈论这个话题。他感觉一切都有些怪怪的。但还是想想该说些什么吧。如果说"我已经爱上你了，安娜·斯巴克"，会让他感觉无地自容的。

鲁本拐到图书馆后面的小路上时，安娜并没有问他要去哪里。

"相信我。"他说着，拉起了安娜的手。路已经变得越来越窄，两个人已经不能肩并肩通过时，他也一直把安娜的小手紧紧地握在自己的掌心里。她紧紧地靠着他。

"不好意思，太黑了。"安娜踩到了一个凸起的树根，两人一起摔倒了。

其实并没有那么黑。圆圆的月亮挂在天上。月光穿过树叶，静静地洒在地面。她以前从未想过夜间走进校园的小树林。她曾和朋友们一起来这里跑步或散步，但都是在白天。

"当心你的头。"鲁本说。

安娜其实并没有看清楚头的上方有什么，但她还是低了低头。感觉他们已经离开了大路，走到了松林间的小路上。脚下总是磕磕绊绊的。他到底要带她去哪里呢？

"这简直就是汉斯和格莱泰的鬼怪密林啊！"安娜说道。

"嗯，感谢上帝，我们不是兄妹，"鲁本说，"我们终于抵达目的地啦。"

他拨开面前的树枝，让安娜站到自己的面前。神态很郑重。

"继续走。"鲁本耳语道。

安娜犹豫了。去哪里？他为什么要耳语？

"哎！"她边说边迈开步子。"喔！"她又发出声音，但也变得轻轻的。

"我知道，"鲁本说，"惊喜，对吗？"

但还不仅仅是惊喜。或许，这就是惊喜最精确的含义。简直难以置信，一个不一样的世界。一片空地，一片圆形的空地，亮了，一切都镀上了一层银光。粗糙的树皮在光影中也银光闪烁，挺拔的树干像一根根银色的柱子，或者说像室内巨大的银色装饰烛台。而地面上面——到底是铺着厚厚的苔藓，还是低矮的蕨类植物？——每一个小小的叶片都笼罩着一层银色的光晕。安娜伸出双臂，好似这空气、这光晕，都是她可以把握的东西。

她转过身来，看着鲁本。

"我喜欢这个地方。"他说着，他微笑着，开心地微笑，幸福地微笑，激动地微笑。就像个孩子。"这是我的秘密。这是世界上最美的地方。现在你知道了，你来了，美丽的指数就成倍地增长啦。"

狗狗

宙斯去哪儿了？是谁让宙斯出去的？

宙斯，过来，宙斯。

嘿

　　"嘿，甜豆。"安娜清了清嗓子。卡洛琳和莫莉马上就知道是安娜的一个孩子打来了电话。

　　"我很好。这世上什么也比不上和老朋友们在一起了。"安娜的声音有些夸张，像是在表演舞台剧。声音里没有一丝慌乱，没有一丝含糊，更没有一丝苦涩。甚至她的后背，都挺得直直的，好像突然充满了力量。

　　卡洛琳和莫莉也毫不掩饰，她们在聆听。她俩可以判定，打电话的是双胞胎中的一个——是安迪还是哈珀呢？——这个她们可分不出来。

　　"开会？"安娜点头，"什么时候？"安娜是想用问题来控制谈话的内容。

　　"具体是什么会呀？今天。听起来很重要的，是吧？"她试图用新的问题来回答原来的问题。

　　"这不就是你一直盼望的吗？"这是安娜的长项。其实，哪个父母不是打听子女情况的专家呢？

　　"对，对。你是骗我的，是吧？这太疯了。"开心和笑声，发自心底。

　　莫莉和卡洛琳知道，她是真的开心。听到自己孩子热情四溢的声音，没有什么能比这个更让她开心了，而且安娜就在那儿，在孩子们的幸福里。

"不，求你了。我知道，甜心。对不起啊。"安娜的面部肌肉抽搐了一下，不，应该说战栗了一下。她们看着她的脸，就像是在盯着分光仪，一丝一毫的变化都能分辨出来。

"我的闺蜜们都在呢。她们住在这。我就是打电话想看看，你是不是有时间和我说说会议进行得怎么样。那是你的工作啊。我会一直等着。爱你，小猴。"

安娜一直努力让自己的声音充满活力，直到最后一句，"爱你，小猴。"她关掉了话筒，莫莉和卡洛琳看见她的身体瘫软下去，像开在条纹垫子上一朵枯萎的花。

"越快越好。"她的目光扫过每个人的脸，发誓般说道。

真的，为了一切值得的事

她们有十二个孩子，另外有三个在怀孕六至八周时流产，三个小产，一个后期羊膜穿刺术流产。就是记录一下。

真诚

茗问道："你打算怎么安排？哈珀怎样？孩子们呢?"

"我们怎么安排？我们正在安排呢。"鲁本的语气像是一个犹太老头儿。他正在擦洗炉子。他倾斜着身子，使劲地擦。

"鲁本，你是说真的吗？"

鲁本举起了手，紧紧握着沾满泡沫的黄色海绵。停，停，停，他好像每分钟都在变老。

永远

　　冰箱里塞得满满的，好像要举办大型聚会似的。冰箱的一层搁能摆放多少什锦烘饼？整个一周后门都一直开着，当地的朋友们不断地送来食物，贴上标签并放在冰箱里。炉子上一直开着火，放着平底锅。两天以前，安娜喝了一杯芒果思慕雪，消息一定是在谷里传开了。现在，架子上挤满了从各种菜店里购买的各种有机芒果思慕雪。

　　这一切，让鲁本不禁疑惑，大家是不是都明白"临终医院"是什么意思。

　　其实，食物是紧张的反应。他明白这一点。那一托盘一托盘坏掉的核仁巧克力饼就证明了这一点。人们的表现，好像是已经没有了明天。

　　安娜一拿起汤勺，大家就显示出孩童般的兴奋，好像她们熬的汤会有什么魔力一样。

　　"鲁本吗？你今天怎么样？"来人是临终医院的护士凯特。

　　他点点头，继续弓着身子往架子上放食品。他非常感激她坚持认为临终医院也要关注护理的家属，但每次回答凯特的问题时，他都感觉自己是在被探查，探查自己是否做得对。

凯特蹲在他的旁边。"难道大家以为临终医院是聚餐的地方吗？我一点儿都不想做煞风景的人，但是，朋友这么多，每天每个时间都往来不断，对病人来说，有点承受不住啊。"

鲁本哼了一声，"那就是安娜的生活。"他知道自己应该再说点儿什么。给凯特描述一下她关注的病人的情况。安娜是多么受人欢迎啊。但凯特的话，从某种程度上说有那么点儿正中下怀的味道呢。

"难道大家就没有想到病人需要静养吗？"

"哦，你最好做好心理准备。也许还会来几大巴呢。"鲁本已经不记得自己上一次开玩笑是什么时候了。

"也许我可以借几个，给那些没有人探视的病人用啊。"

"借就免谈了。我们可以租。可以开始做笔买卖。"他觉得有趣。虽然不是时候。

凯特轻轻地碰了碰鲁本的肩膀。"安娜昨天告诉我，她不想再吃东西了。"

他拿出来一个炖锅，里面是菠菜奶油浓汤。"她感觉恶心了吗？"鲁本边问边把包装纸的褶皱抻平。

"她在问如何应付这一切。"

凯特在解释不再进食会使整个进程加快的同时，鲁本一直在从冰箱里往外拿东西。"是她自己这样说的吗？不再进食？"他一屁股坐在了冰箱前面的瓷砖地上，冰箱门大开着。

鲁本也许应该贴个告示：不要再送食物了。求你们了。但大家也许会说他已经没有权力替安娜说她想要什么了。

"她也正在想目前究竟能怎么做。"

鲁本站了起来，把蒸锅等东西都堆在地板上。他拉开放小物件的抽屉，翻找纸和笔。他有什么权力在已经不再是他的家的冰箱门上贴任何东西呢？他找到了一支绿色的标记笔，"不要再送食物"，然后用披萨图案的冰箱贴把它胡乱地贴在冰箱门上。

去他妈的。他就是有这权力。

2008 年，残骸

茗抱怨谷里。抱怨鲁本和安娜在谷里的朋友。她说鲁本和安娜在孩子们长大离开家以后就分开的唯一原因，就是因为这是谷里当地的坏风气。现在谷里的朋友们已经不再搞家庭聚餐了，而是满脑子的精神放松和甜蜜集会。好像，满脑子都是激进的所谓觉醒。大多与生殖器有关，和瑜伽教练或是同事约会。甚至僧人也不例外。好像，谷里忽然有一半儿的人都需要空间了。他们不再相信老规矩，不再相信婚姻的约束。

"信仰？"茗与安娜和鲁本争辩道。他们那次是驱车去大巴灵顿，茗和塞巴斯蒂安的家里参加每月一次的家庭聚会。

"成年就是一种约束。"茗喝干了她杯中的红酒后说道。

分开过就会有许多琐碎的事情。两个家，两份取暖费，两份电话费——谁有那么多闲钱啊？茗非常实际。谁不希望有艳遇呢？但是，谁有那个时间啊？

鲁本和安娜都坚持说，他们的分开与婚外情无关。就是他们之间的老问题。二十年了。现在变成残骸了。

"你们的孩子都在干嘛？"茗又倒了杯酒，"你们的婚姻比我们幸福多了。"

"哼！"塞巴斯蒂安哼了哼鼻子，表示了自己的不满。他打开了烤箱，满屋都弥漫着草药和大蒜的香气。

茗的思想倾向于老派，相信她和塞巴斯蒂安的结婚誓言。婚姻的精髓在于同甘苦，共患难。华人和厄瓜多尔人——她相信这就足以让她们生活在古老的世界里。

"还有谁会给我做这么多好吃的呀？"茗在塞巴斯蒂安端来一大浅盘烤鱼和蔬菜时，笑了。

他等所有人都落座之后才放下盘子。食物可以带来一种隆重的快乐。

"面对这么好的食物，我们不该说些痛苦的或是让人后悔的事情。"塞巴斯蒂安躬身说道。

但是，吃完饭喝完酒之后，茗哭了起来。"你们是我们最好的朋友。我们一起吃了这么多饭。我们一起去度了那么多次假。还有，我们的孩子们呢？"

"茗，我们也努力过。可是，婚姻也不一定就要天长地久啊。"安娜说道，"我们想独自生活一下试试，想看看哪种方式更加适合我们。"

可是，如果那么认真地审视生活，谁还能过得下去啊？

鲁本开始洗盘子。他看样子很兴奋。安娜也是。就好像是他们年轻时摆脱了父母的监护偷偷出去看演出或是高山滑雪一样。

茗突然生起气来。"两个傻瓜。你们就作吧。"

真实

"喂，喂，"凯特一边放下护士包和自己的老式背包，一边叫道，"全新的安娜。"

安娜戴着干净的护腿，穿着女儿的学院衫，湿湿的头发偏向一侧，编成了一条辫子，坐在起居室，啜着高脚杯里的芒果汁。

"太疯狂了。"听着卡洛琳的话，安娜笑了起来，一种神采飞扬的笑、优雅的笑。

"这是真正的安娜。"莫莉语气激动，像一个被惹恼了的少女，"这才是真正的安娜。"她抖了抖胳膊。打吗啡、轻颤、浅浅的略带口臭的呼吸、闭着的双眼、床单下小小的一团——那根本不是安娜。

凯特拿出了血压计，"好了，安娜，我们就看看你创造了什么奇迹。"

1976年，榆树下

莫莉确信只有农场的看护员知道她们亲吻的事情。莫莉和安娜看到他拿着剪刀在树篱边修剪树枝，但她们并没有停下来。

"给他的生活来点儿刺激。"莫莉低声说着，用舌头舔着安娜的上唇。

亲吻是莫莉的主意。"为什么不？一定很好玩。"她解释说，有些男孩根本就不会亲吻。她们俩各自列了一个名单，发现有几个男孩的名字两份名单上都有。罗比·布兰福特像鱼一样接吻。笨拙的弗兰克短粗的手指还非常地不老实。乔斯的吻技最高，被她们公认为"接吻大王"。

也许主意是莫莉出的，但是，安娜后来却占据了主动，让莫莉背靠着大榆树。"你真漂亮。"她说着探过身去吻了莫莉一下。然后她们又开始接吻，两个人的舌头交缠在一起。莫莉感到有些痛，她带着安娜转了个身，这样安娜背靠着树，莫莉压着她，她们的身体紧紧地贴在一起，一起碾压晃动。和与男孩子接吻不同，她们俩的眼睛开始一直睁着，直到两个人都被激情裹挟着，似漂似浮，迷醉地闭上了双眼。

"这是咱们两个人的秘密。"她们从篱笆的缺口处爬出来后，安娜说道。

"你是说不告诉海伦。"莫莉也不喜欢自己这么性急。

"我是说我喜欢咱们俩有秘密的这种感觉。"安娜的唇再一次触到了莫莉的酒窝。

"就我和监护人知道。"莫莉开玩笑道。能操控的感觉总是不错。

泥沼

海伦斜倚在门廊的围栏上。摇晃，门框似乎在摇晃。房子也在摇晃。确切地说，不完全是因为年久失修，而是没有心情修。歪斜的木板，钉子都凸出来了。栅栏也都要倒了。房屋后面用扣环扣住的木质门框也急需修理。还需要仔细清洗和重新刷漆。谁能够坚持做好这些事啊？即便是正常的情况下，家务事也是很耗时的。而且，在过去的几年里，荒谬的是——鲁本住在其他地方。大部分时间安娜都病恹恹的。打住，打住。她只是没有出门，没有发现问题而已。深呼吸，呼吸。

海伦迈过围栏，拍掉手掌上的石屑。她应该给安娜穿上暖和的衣服，应该带她到户外来。安娜会说不。或者她会眯起一只眼睛看着海伦，专横地摇摇头。会坚持说这不可能，会坚持说她已经不再可能到户外活动了。但是，这是可能的。海伦能让这一切变成可能。她完全可以用羊毛毯子裹起她，然后把她带到户外来。把她放在阿第伦达克户外椅里。一到户外，安娜就会喜欢这冰雪初融的气味。她会注意到空气中那淡淡的甜味儿。海伦需要相信安娜还会喜欢这一切。尽管她不敢确定安娜到底还会不会喜欢。

眼前忽然有东西闪了一下。翅膀，蓝色的。松鸦？可是，在光秃秃的树上，她看不到一只鸟啊。她在等待鸟儿的到来。也许她什么都没有看见。她回过头看了看屋里。看到她们还在边聊天边吃东西。她们像以往一样慢慢吞吞的。茗仰着头，好像在看着什么。莫莉挪到了沙发上，按摩着安娜的腿。她的朋友们都在屋里笑着。她们还都是老样子。卡洛琳说话时还是习惯性地弹着无名指。茗一笑头就会晃个不停。海伦对她们每一个人细微的、特别的、标志性的姿态都谙熟于心，除了安娜。并不是说安娜变得让她不认识了，而是安娜已经彻底不是以前的安娜了。事实上，安娜比海伦上次见她时气色好了很多。她的脸圆润了些，双颊也有了些血色。

但是，屋子里的一切又都是不正常的。每一天，安娜都有漂走的可能。临终医院的护士说过"也就是一周的事儿"，或许更短。就是那样。海伦满眼所见的都是屋子里上演着一出毫无悬念的悲剧。

为什么只有她有一种背叛的感觉呢？

海伦看着太阳洒下的光晕，姜色的光斑落在她的手上。她对于呈鳞片状的干燥皮肤和指甲缝里的颜料已经习以为常了，但是这双手究竟是什么时候变成老妇人的手的？一切都乱了。安娜的生命就要走到了尽头，而她，海伦，却坠入了爱河。现在，就要步入婚姻。屋子里，她最好的朋友，**就要**去了，而她，这位中年女性正要开始新的生活。也许她老了，也许还没有，不过，她都有眩晕的感觉，是幸福的眩晕，情不自禁地想到阿萨。生机与渴望，是她身体的真实感受。天啊，沐浴了爱情的身体既奇特又充满向往。安娜将与世界告别，而海伦却要拥抱世界。

她想打电话给阿萨，想听听他的声音。但是，她不知道密林中手机是否有信号。

想和他说说背叛的感觉。她应该为自己的幸福感歉疚吗？她的这种感觉到底有没有一点点道理呢？

海伦希望安娜的兄弟们能够在。他们在安娜的心里依然是米奇和鲍比，她的小弟弟，虽然现在他们都已年逾四十。上周，她听说他们来了，求她再试一试。恐怕，一切都很难改变。不过，就像上次一样，他们两个可以说服安娜。米歇尔是内科医师，罗伯特是耳鼻喉科专家，他们都相信医学的力量。不再指望茗、莫莉和卡洛琳了，事实证明，她们毫无用处。她们事事顺从安娜的想法，好像根本不记得这些年安娜是多么需要她们的支持才能战胜放弃的念头。已经四次了，每一次都那么突如其来。不只是不可预测——罕见——疯狂的癌细胞，占据了她的心脏。还记得安娜自己的妙语吗？——能击败"特别"的我为什么要和"正常"斗呢？而现在，情况就是那个样子，安娜怎么能够决定放弃呢？

沉寂的松林里忽然传来了一阵尖锐的叫声。是鸟。又来了一只。她抬起头看着它们。听着她们叽叽喳喳在说话，她忽然感到了希望。不是隐喻意义上的希望。嗅着空气中泥土和树叶凉凉的甜香，体会着一种无法言传的喜悦。喜悦是，季节在更替；喜悦是，如果鲍比和米奇支持她，安娜可能会改变想法；喜悦是，她和阿萨可以在一起。

"想你。这里不仅仅只有悲伤。"她给阿萨发条个短信。点击发送，眼看着信息发出。可能还不全是这样。她希望信息能够发出去。她想开车去镇上，找个有手机信号的地方。

她还没有和朋友们说。她想先告诉安娜。告诉她，阿萨，神秘的阿萨，已经向她求婚了。那个宣布不会再次步入婚姻的阿萨。从一开始安娜就说过："海伦，阿萨就是你的真命天子，是照亮你幽暗洞穴的光。"她记得那是一个午后，在她的公寓里。第三次病情减轻时，安娜终于摘掉了假发。她看着像是一位法国模特，具有神秘力量的短发姑娘。其实，安娜即使刮光了头发也魅力四射。阿萨和安娜互开着玩笑。那个下午，看着她最好的朋友和她爱的男人机智地斗嘴，海伦为安娜感到骄傲，为她勇敢地战胜病魔而骄傲。那就是无尽的希望。她看着阿萨，对自己承诺，我要守护这一切。

搞定了。信息发出。手机显示阿萨正在回复。"别把时间浪费在思念上啊。让她开心更重要。"她读了一遍阿萨的短信，又读了一遍。希望从中获得能够让大家开心的力量。或者短信本身就充溢着喜悦。到底，为了拖延到屋里去，她要读多少遍短信呢？

"海伦。"莫莉拉开门。

海伦不得不避开莫莉亲切温柔的目光。

"安娜找你呢，"莫莉说道，"她不知道你在哪。"

安娜找她？太可笑了。一直以来，一直是安娜不断地离开她。海伦不想进屋里去。至少不想在目前神情恍惚的状态下进屋里去。至少，她还想再看看那只鸟儿华丽的羽衣。

"我全都乱了，"海伦说，"我什么忙都帮不上。"

莫莉笑了。"好了，宝贝。我们无能为力了。"

2009 年，嗡嗡

阿萨的出现是安娜的错误。

海伦说过："谁会跑到医院去一见钟情啊？"

安娜小心翼翼地拉了拉塑料吸管，努力吞咽着。"我再次发病就是要把你从可怜的生活状态中拯救出来。可是我从你那里能得到的却只有香草奶昔。"

海伦跟着安娜去相亲，因为她已经做好了思想准备，在安娜治疗期间，她一切都会顺着安娜的意思。而且，她俩从小学四年级就开始谈论男孩子，那一年她们第一次同时爱上了蒂米·坎农。

"我已经告诉他你是我认识的人中最聪明的，"安娜说，"但是，海丽，你要有心理准备，他比你聪明多了。"安娜已经好久没有享受到可以影响海伦的快乐了。"我敢保证，你一见到他，就会知道我说的多准，我最了解我的好朋友了。"很显然，她还是喜欢主宰一切的感觉。

海伦和安娜一起爬到了医院的床上。她感觉只有这样，她才能忍受那些一直叫着的医疗监控设备。那些滴滴答答的声音，那些突然出现的锯齿状的图标，真的让她崩溃。很多个午后，她们都是这样一起入睡。

海伦提醒安娜，她已经体验过这种相亲了。十年级时的那个春天，安娜和莫莉站在科林·欧雷利家的门廊上。他是海伦艺术课上高年级的学生，曾经练过游泳，但到了最后一年，忽然觉得自己有绘画天赋。"你不觉得你该和海伦约会吗？"安娜冲着科林微笑，她觉得自己该提醒他一下。"海伦真的特别棒，"安娜说，"不过她有点害羞。"安娜和莫莉唯一给海伦留了些面子的就是，她们一年后才告诉她。"他真的特别出色，"安娜说，"他也说你很棒。他只是不想在上大学之前谈恋爱而已。"

安娜把没喝完的奶昔放到了堆满物品的床头柜上的托盘里。"真的，海伦，你自己从来就不会挑人。"

安娜解释为什么阿萨是她的真命天子时，海伦闭上了眼睛。不仅仅因为阿萨在安娜对面病房里说俏皮话哄他妈妈开心，不仅仅因为他在死神面前表现出的毫不妥协的勇气，不仅仅因为他会停在安娜的床前帮她拿香蕉或花生奶昔——"要扛住化疗的咽喉，姑娘，这是你需要的卡路里。"也不仅仅是因为他坏坏的笑容和浅色却很深邃的眼睛。或者，这一切都是原因。安娜告诉海伦，阿萨稳重、风趣、聪明，而且可靠。而最重要的是，出人意表。

"成熟。"安娜把绕在海伦腿下面的线拿开。"他总是那么特别，永远新奇有趣。"

"阿萨这个名字就很怪异。"海伦说。

"这正是我要说的啊。"

海伦和阿萨的第一次见面却是先闻其声。他正在走廊里怒吼。

"到底为什么让我们回来，医生？你曾经装模作样地告诉我妈妈，几个月后效果就会显现，可是，效果就是术后的恶心和极度痛苦的恢复吗？"

安娜用口型告诉海伦，"就是他"。

透过安娜这边的帘子，海伦看到了一双在空中挥舞着的男人的手。她看不见他的脸。海伦想，这么自信而圆润的嗓音，他该去做播音员啊。

事实上，他的怒气有些吓人。

医生插不进一句话。阿萨犀利的言语甚至能够在医生的身上钻出几个洞来。海伦替医生紧张，希望医生能用事实和证据让他平和下来。

医生也有些焦急。试着说了几个方案，都被阿萨驳回，每一次阿萨都问："这个能帮助她提高生活质量吗？"

安娜看起来却很高兴，好像阿萨的每一次成功驳回，都可以向海伦证明她这个媒人是多么地有眼光。

"阿萨，"等医生迈着笨重的步子离开后安娜叫道，"你这样会杀了你妈妈的，你这家伙，到这儿来。"

在他进来之前，海伦已经确定自己很讨厌阿萨，因为他会勾起安娜心中的悲伤。但是，坐在安娜床边的阿萨却温言细语。他问起了安娜女儿的游泳比赛。他知道她所有孩子的名字。

然后他冲海伦点点头："我知道你太多的事情啦，想要假装对你不感兴趣都装不来了。"

"你要当心，她很会骗人的。"海伦说道，同时也赞同安娜对他眼睛的描述。后来阿萨笑了，海伦暗想，安娜把他的笑容描绘成坏坏的笑是多么精准。

室内

莫莉待在屋后的门廊上。无能为力，她对海伦是这么说的。但是，就在昨晚，赛瑞纳告诉莫莉，她和同事们交谈过，她自己也做了些研究。有理由相信新药会有些效果的。安娜的医生对她的免疫系统也有些了不起的发现。赛瑞纳提议由她来解释一下新的协定，因为安娜总是说赛瑞纳能够让晦涩的医学术语不那么难懂。"别指望缓解。"赛瑞纳告诉莫莉。这是顽疾，想想恶化。"到安娜下一次复发，他们还有时间开发这种新药。"但是莫莉认为应该停止用药了。说"够了"，这难道不对吗？"对？你的反应真让我大吃一惊。"赛瑞纳有些过分直率了，她真是没有必要把什么都说出来。

八十年代后期，莫莉的第一个诊所工作是在奋威社区医疗中心。那里有那么多年轻的男性患者，有好多个夜晚，莫莉差不多都是下班后直接瘫倒在床上。她只能这样。那么多垂死的患者，那么多刚过世的患者，而且艾滋病无药可治。没有真正的研究成果。那两年几乎每个星期，她和赛瑞纳差不多都要去参加葬礼。有时她们竖起衣领，对着波士顿的冷风呼喊："沉默就是死亡！"直到 1994 年才有真正的抗 HIV 的药物。就是在奋威医疗中心，莫莉目睹了药物是如何改变一切的。

莫莉没有答应赛瑞纳要来探视的要求。

"但是她应该了解，这是前沿的研究啊。它进展神速，简直是超音速啊。"

"新药并不能代表一切。"

"它真是好药啊，莫莉，你应该比任何人都了解药物的神奇作用。"

赛瑞纳是在暗示莫莉对不起那些 HIV 感染者吗？赛瑞纳是在暗示如果莫莉不帮助安娜与疾病斗争就是对最亲密朋友的背叛吗？或者她在暗示，是安娜背叛了她们？

听着朋友们在屋内的笑声，她，莫莉，真的相信她们已经无能为力了吗？

2012 年 2 月，药

海伦打电话把罗伯特和米歇尔都叫来了。他们一步两个台阶地冲了上来，上两层楼都丝毫没有减慢速度，匆匆吻了海伦一下，就冲进了公寓。真是令人吃惊，他们怎么会那么像他们的姐姐，像没有接受多年治疗之前的安娜。

"她感觉不太舒服。"茗冲着在沙发上白色枕头下蜷成一团的安娜点点头，"她不能说话。"茗指了指自己的喉咙。

海伦扒开枕头，终于找到了安娜的脸，吻了吻她。"嘿，甜心，"海伦说，"鲍比和米奇来了。"

"安娜，"罗伯特推开海伦，差不多坐在了安娜身上。"我要你坐起来。"他扔开枕头。好像他想强迫她坐起来似的。

"她感觉很糟糕。"海伦说道，然后又看了看茗。也许在安娜的弟弟们坚持要来时她答应了他们是个错误。安娜曾要海伦向他们转达她的决定。"她不想再受这个罪了。"海伦说着靠近了米歇尔。"那些药已经让她再也受不了了。她选择放弃了。"海伦尽量用一种中立的姿态转达安娜的意见。"这是她的身体。"

"别说傻话。"米歇尔打断道,"放弃不是选择。"

罗伯特把安娜扶了起来。他用胳膊环着她,给了她一个结结实实的熊抱。

"他们会调整你的药,安娜,"罗伯特解释道,"也会有止痛药。"

安娜双眼紧闭。慢慢地摇头。"不。不。"

米歇尔坐在了她的另一边。"你得去看看李医生。我已经和他谈过了。做了方案。"

"不。不。不。"她分别对她的两个兄弟说道。

安娜努努嘴,示意茗和海伦帮忙,但是她的两个兄弟用眼神制止了她们。他们两个很强势,辩论起来咄咄逼人。而且,也的确有些起色。如果安娜在感觉轻微刺痛时就用药膏,这一次可能就可以控制水泡了。安娜也承认,这次她没有用其他药物,口腔的疼痛也可以忍受了。

"我并不是说你不能做决定。当然这是你自己的身体。"米歇尔的声音虽然柔和,但还是非常坚决。然后他又像孩子一样撒起娇来。"哎呀,大姐,我需要你啊。求你了。就是再坚持一个月也行啊。"

海伦拿来了酸奶和勺子。安娜努力吞咽着。他们都默默地慢慢地吃着。

安娜同意了。一个月。一个月以后再决定。让步更容易些。

"但这是我的选择。"她低声说道，努力清晰地吐字，"你们每一个人都听着。从现在开始，由我自己选择。"

百分率

凯特离开屋子后，安娜说："她和鲁本很般配。"

这很滑稽，但安娜不是开玩笑。

"我是认真的。她第一次走进这个房子，和我谈护理的事情时，我就这么想了。她向我建议临终医院时，我就在想'你可以嫁给鲁本'。她漂亮。真的非常漂亮，而且善良。还有，她是不是和我有点像？"

"她挺好看，"茗附和道，"她绿色的眼睛像你。"茗决定一切都顺着安娜，她非常开心地看到安娜并不像以前一样急躁易怒了。

"我和鲁本说过，我投百分之九十九的赞成票。"

"他真的打算和你的护士结婚吗？"茗只是想哄她开心。

"哦，可怜的鲁本。他总是努力和我唱反调。但不管他多么较劲，最后都证明我是对的。"

抽搐

安娜动了动脑袋，在屋子里寻找海伦。现在做什么事都很费力。她在找海伦。她在那儿，和鲁本在一起。他们两个坐在桌子旁边。海伦的头歪着，面颊摩擦着鲁本的肩膀。鲁本在说话，海伦在哭。

回到我身边来，安娜想，很吃惊地发现占有欲让自己抽搐了一下。

但是，希望谁回到身边？安娜不确定。

难题

鲁本在和安娜分开后也试着约会了几次。但每次都是一样。也许第一次还行。然后，第二次约会，无论是黄昏时的乡村滑雪，还是烛光餐厅，他都听见自己在干巴巴地讲述着自己的处境。一个女人和他匆匆吃顿饭，和他说她很欣赏他，欣赏他对爱情的忠诚，却不适合她，谁会责怪这个女人呢？叫停吧。他自己是不会再约会了。

生命线

卡洛琳察觉到当海伦靠近鲁本时，鲁本脸上刻着的累。她得去帮忙。私下里握握他的手，让他感受到大家都是在精疲力竭地照顾病人。但是，让鲁本自己待着是卡洛琳能够为他做的最好的事情了。少言。他知道他无法松弛下来。那么就随他去吧，就让他像个有洁癖的神经病那样弯着腰擦厨房吧。他没法承认，可能这一切终究要了结，其实他是愿意的。当然，"长期"对海伦来说是希望。但卡洛琳明白，"长期"真正意味着什么。她最明白，那需要怎样的努力。那对鲁本来说意味着什么。虽然害怕，但每当埃利斯出状况或是走失的时候，难道她不是有时还希望传来最坏的消息吗？她至少可以对自己承认：她欣赏安娜想要了结的决心，给一切定个调子吧。

鲁本在聆听着海伦的话，不过卡洛琳看得出来，他其实更想去擦拭洗碗池或做其他可以立竿见影的事情。打扫、说笑、购物、编织——这些都不是永不退却、永不言败的监护人卡洛琳解决问题的办法。如果这些事情的某一项可以被看做是解决办法的话。

这并不是说卡洛琳认为姐妹们的放手有什么可开心的。但是，她的选择权呢？当她签署自己要充当大姐的监护人的文书时，她的选择权在哪里？事情就变成那个样子。慢慢地。好多年之后，她发现，事情远比想象的要麻烦，她姐姐的病容不得她在生活中偷一点儿懒。而且，好像只要卡洛琳觉得自己的生活步入了她所谓的正轨，埃利斯就要惹出点麻烦，比如，埃利斯在多伦多赤着脚闲逛——差不多裸体。对卡洛琳来说，在多伦多还是幸运的，埃利斯好像更喜欢到更远的地方去。你可以说她喜欢异国情调或是喜欢昂贵的花费。这有趣吗？没有。卡洛琳这位美丽的姐姐，她孩提时代的偶像，这种惯常的发病状态难道不让人揪心吗？牙齿脱落、过量服药、收容所、妄想症、社会工作者的盘问、公寓欠费、对方付费电话、几星期电话联系不上——这些问题，都可以写本书了。卡洛琳知道朋友们是她坚强的后盾。还有其他的选择吗？抱怨？像其他不堪重负的病人家属那样每天煲电话粥？创立家属互慰聊天室？抱怨每天的日子"摧残感情"？抱怨每天的日子"让人发疯"？到底是从什么时候开始，"疯子"和"精神病"这样的话成为禁忌的？

"海伦。"卡洛琳也许能暂时解救鲁本。

海伦并没有抬起头。她沉浸在自己那些毫无意义的唠叨中。

"海伦。"卡洛琳用力拉开了海伦拽着鲁本胳膊的手，"安娜问你能否给她拿一杯冰水。"

誓言

算了吧，海伦，看着海伦又坐在双人沙发并把安娜的腿放在她自己的腿上，鲁本松了口气。海伦的所说所想，无疑还是想借助药物自私地多留安娜几天。她已经和他说了自己的想法，现在他只能猜测她会和安娜说什么。海伦指望不上。安娜早就这样说过，现在鲁本明白了，安娜是对的。海伦总是要拉同盟。虽然不是战争，但确定要同盟。

海伦到底在想什么？她以为鲁本在临终医院待得很开心吗？只有死亡才能把我们分开。这是鲁本曾经的誓言。不管

他们之间发生了什么，即便是在分居的日子里，在这种名存
实亡的婚姻里，他还是她的依靠。安娜明白。他回想起了他
们的婚礼。安娜的脸对着她。那么美，那么美的脸。长长的
波浪式卷发上戴着花冠。二十五岁时，他们携着手，立下誓
言，结婚。"结婚"是一个多么充满希望的词汇。那时，他
们还是孩子。孩子如何会知道，誓言到底意味着什么。冒险
和快乐。那时的他们如何会想到婚姻中的变数？他的丫头就
在那儿，沙发上。永远是他的丫头。那个夜晚他把她带入了
洒满银色月光的树林。他把林中的秘密与她分享。只有她。

婚姻

分居以后，有一次安娜说，如果她和鲁本都没有办法一
起生活，如果他们不能和解的话，也许她就要试试同性恋
了。"我好像更愿意和女人待在一起。"

"如果你不要他了，我可就要嫁给他了。"安娜抱怨时，
海伦这样说道。

"看来你已经忘记丈夫有多么烦人了。"

分居是安娜提出来的。不用再吵架了，她开心。熬夜
时，鲁本不再来催她上床休息了，她开心。她一直和乐队一
起，开演唱会，录音。不再受约束。

"但，我说的同性恋仅限于腰以上。"安娜宣称。

"哎呀，那你一定会火的，"莫莉说，"女同性恋舞会的美女。"

井字棋

即使玻璃推拉门关着，莫莉也能听到里面的笑声。她往屋子里看了看，首先看到的却是自己映在玻璃上的影子，透过自己的影子，她看到朋友们聚在一起，海伦弯着腰拿着一杯水递给安娜。

这些日子，有好多次，她不经意地就看到了自己的影子，莫莉看到的是她母亲那棱角分明的脸，每次她都会生气地移开目光。她自己努力不要变成母亲那样的人。好多年以前，每天放学，她都会走进厨房，但并不能确定母亲会在哪里。母亲烤的曲奇饼余温还在，可是母亲却从椅子上掉到了油毡地板上，醉得不省人事。或者，更糟的是，母亲醒着，会问她一大堆恶毒而又难以回答的问题。她总是被骂来骂去。"你个邋遢鬼！"在莫莉主动或被动吻母亲之前，她的母亲都会尖叫一声。"你会变成丑八怪的。"她母亲在果汁杯子里加了些雪莉酒。"我就是知道。"然后母亲皱了皱鼻子，一口喝干了平底无脚酒杯里的酒，好像里面加了苦药。

现在，莫莉看着屋里面的朋友。这些情况，熟悉她的朋友都不知道，永远都不会知道。莫莉不再在外边留宿。但是莫莉永远都无法预测会有什么事情发生。她无法知道亚麻布衣柜里熨好的枕套下面会不会塞着酒瓶子。她无法知道她母亲的拳头会有多重，也无法知道有一天她母亲会不会拿着把刀向她冲过来。她无法记清楚为母亲洗过多少次因为呕吐而弄脏的脸，换过多少次弄脏的衣服。这些都是在家里刮起的风暴。在外面，母亲几乎不存在。在外面，男孩子们都温柔地和她说话，都有想摸摸莫莉长发的冲动。而且有一次安娜还吻了她。"真希望我是你。人人都想成为你啊。"安娜吻着她说道。那天下午，莫莉独自开车在镇子上转了转。路灯洒在树上的光变成了粉红色。路变成了蓝色。最后，她强迫自己回了家。

"你回来晚了。"母亲坐在厨房的餐桌旁。头顶上的灯是关着的。即便在阴影中，莫莉都能够看到母亲。粗暴、愤怒。而且，母亲已经醉了。

"晚么？"通常她不说一个字，因为她说的每一个字都是错的。但是，那个晚上，母亲嘴里的酒气不再能伤害她。她从母亲身旁走过。尽量不碰到她。今晚，她不再怕看到母亲跌倒，不怕看到她撞到头。而且，她想马上上楼去。想去给安娜打电话。"监护人。"她将柔情又低声地细语。人人都想成为莫莉，安娜说的。莫莉就是那个极妙的女孩，人人都喜欢。但是莫莉看到了母亲刻满了皱纹的脸，看到了母亲醉成烂泥的样子，她真害怕别人会觉得自己也是那个样子。如果人人都不知道母亲的存在，那么她就永远不会成为她母亲这样子。

"我希望这是我们俩之间的秘密"，那天安娜说道，莫莉觉得有些羞愧。有时，莫莉觉得她的女儿们也感受到了她曾感受到的伤害，感受到了她母亲把她的头按在地板上时她感受到的伤害。她的身上带着母亲呕吐物的臭味。现在，她的母亲已经变成了枯槁、严肃的老太太，但她不能原谅她。永远不能。

她透过自己看着她的朋友们。屋里，海伦在和安娜低语。她们曾勾着小指发誓，朋友之间要毫无保留。她们都带着秘密玩井字游戏。毫无保留是多么美丽的誓言啊。她们都有羞于启齿的秘密，永远都不能透露的秘密。

赛瑞纳错了。莫莉对安娜的选择保持了沉默，这并不意味着对医学的侮辱。这是一个超越医学的选择，是安娜对生活的选择。

赛瑞纳可以继续劝说安娜，海伦也可以。但是莫莉接受，用爱，默默地支持安娜。

我记得

此时此刻是海伦的声音："我的婚礼需要你，安娜。"

海伦又说："你还记得在那个希望破灭的夏天吗，我打算和鲁西安一起回多伦多？是你留住了我。"

她需要确认安娜知道她想说什么，因为她的安娜会抬起头说："你说什么，海丽？说要点，别拿你编的那些破故事烦我。"

或者她的安娜会说："鲁西安就是多伦多的大烟鬼。没错，那是个用健美的后背掩盖他糟糕性格的家伙。而且他还吸毒。"

或者她的安娜会说："鲁西安又是一个会浪费你生命的家伙。而且，感谢上帝，你从这个错误中没有吸取任何教训。"

或者她的安娜会说："今天我一见到你就知道。阿萨想和你结婚。"

可是，安娜嘟囔道："我记得。"

"是你让我少犯了那么多错误。"

这句话只是对以往的轻描淡写。但是安娜明白她的意思。安娜的腿就在海伦的手里，那么纤细，那么脆弱，海伦在用手指按摩时都不敢说话。

"安娜。"她还是不死心。她已经做好了和安娜讨价还价的准备，只要能说服安娜活下去。

但是，安娜却又蒙眬睡去。

101 医院

夜里，当病房都安静下来，只剩各种仪器嗞嗞作响的时候，安娜到走廊散步。阿萨从他母亲的病房里看着安娜。然后，某一个夜晚，他来陪她了。

"不介意吧？"他问道。他们一起慢慢地走着。

"也许你不该和我一起散步。我可能就是死神。"阿萨说道。他妻子四年前去世。现在是他母亲。

他们盯着自动售货机，好像会有什么新的东西可以选择，其实，他们之前早就研究过不知多少遍了。

"这里的一切我可都门儿清。"他按下两个按钮，掉下来一个燕麦棒。他对医院的每个病房的病人都了若指掌，他知道到哪里去散步。他能够和保洁员打成一片，她们除了会招呼他"早上好，船长"之外，当他母亲嘴唇起水泡时，还会多给他几包柠檬棉花棒。护士是天使还是白痴，全看病人家属如何表现。当然，还是有许多能力不足的医护人员。他已经学会了在星期四多去和医护人员沟通，以便从周五中午直到周一都会万无一失。

他们转了一圈儿，又回到了自动售货机那里。

"想知道在医院待多久才算是足够久吗？"阿萨闭上眼睛，像念咒一样把自动售货机的一排排小吃和糖果的名称及售价都背了出来。

"你这本事可以在派对上一鸣惊人啦。没有人会猜得到你有这本事，"安娜边说边迈步走开，"我有生之年都不会告诉任何人的，所以你很安全喔。"

她，还好

"我在这里什么都听不见。"卡洛琳走到了起居室边上，手里拿着电话，就好像是拿着一个盖革计数器[1]。就在刚刚，她的一个孩子连续发了 8 条信息。虽然不完全明白到底发生了什么，但一定是发生了什么事情。卡洛琳需要找到丹尼，搞清楚到底怎么回事。希望一切都没事。丹尼能够识破孩子们的把戏。孩子们的最后一张大学学费账单已经付清，做父母的到底还有什么事情要处理？难道父母的责任就不能有个结束的时候吗？供他们吃喝，陪他们长大成人还不够吗？有时，卡洛琳真的感觉自己不想再管下去了。可是，有个孩子却一遍又一遍地发短信来：妈妈，电我。

还有一条短信，说埃利斯又出状况了，还很严重。

好像她的生活永远是在处理一个又一个突发状况。不是这个和那个，而是这个和这个。每一次她都不得不高度重视。

不过，她不得不承认——或许仅仅是偶尔——家里的危机和姐姐的状况可以让她从对骨瘦如柴的安娜的焦虑中获得一丝丝的解脱。谁不想吸引她的注意力呢？毕竟，卡洛琳是照顾她的孩子和她的姐姐的专家级人物啊。可是，在这，在安娜这里，除了陪伴，她却无能为力。这状况有些让人无奈——仅仅是想全程陪伴，等待那难以忍受的悲痛。这种感受太糟太糟。

1　盖革计数器（Geiger Counter），是一种用于探测电离辐射的粒子探测器。

"我能有什么办法。"看到莫莉靠近安娜，两个人窝在一起，好像在说什么悄悄话，卡洛琳话说了一半就把电话挂断了。她俩的谈话好像很私密，头都不抬，卡洛琳尴尬地拿着手机站在屋子中央。童年时那种不确定的感觉再次袭来——她不确定，突然到来，插入到她们俩的谈话中是否合适。也许她的到来是一种鲁莽，会触碰她们俩的私密？就是这种感觉，老感觉。第三者出局。即使现在，这么多年过去了，卡洛琳还是会担忧。她属于这个圈子吗？真属于吗？她曾审视自己。一次又一次，审视的结果是，她属于，这是种多么奇妙的感觉。

她看着自己的手机，余光却瞄着屋子里。老友。无论她们给自己的圈子冠了什么名，还是有等级的。想到这个就有些伤感。如果她觉得自己不合时宜，她会批评自己。这些年来，她不断地求证，但，即便到了现在，即便她知道是她自己跑到圈子外围的，她还是有种被取代的伤感。最初，她和莫莉最要好。曾发誓做最亲密的朋友。从一开始，她俩就一起走路上学。后来买了同款闪亮的香蕉座橙色海鱼牌自行车。每个下午她俩都在一起练车技。卡洛琳甚至学会了急停。然后，七年级和八年级之间的那个暑假，莫莉从夏令营回来之后，一切都变了，并不仅仅是胸部的惊人发育。"我知道，这太突然了，像炸弹一样！"莫莉说这话的时候，卡洛琳一头雾水。胸部不是什么稀罕事，卡洛琳七年级就开始戴胸罩了。但是，对于莫莉，就不同了。她看起来有些危险。她的身体好像不仅仅属于她自己。莫莉可爱的卷发变得像金色的马鬃一样粗硬。无论卡洛琳和莫莉到哪儿，都会有男孩子出现。无论莫莉穿什么，即使是宽松的外套，她都像是《格里甘岛》中穿着紧身睡衣的金杰一样。卡洛琳就是死党玛丽·安。男孩子不仅仅是她们年级的，还有高年级的，这让卡洛琳有些害怕。他们都有车，会开车带着莫莉出去约会。天啊，甚至卡洛琳的父亲都说，莫莉会变成大美人，她妈妈嘲笑他说："管住你那饿狼般的眼睛。"太恶心了。卡洛琳找了很多理由，把她俩每周五晚上的一起过夜改到了莫莉家。然后，到了九年级——确切地说是十年级——她俩就不再一起过夜了。莫莉不再邀请她了。虽然感觉不好，但还是可以接受，因为她发现莫莉的家和她妈妈有点让人害怕。如果卡洛琳不跟着莫莉，成群的男孩子就会围着莫莉，似乎安娜和茗也来凑热闹。虽然她们从来没有排斥卡洛琳。海伦似乎不在乎自己被边缘化，还时常出面帮安娜解围，但是卡洛琳在乎。她为莫莉担心。且不论那些开着父亲的车耍酷的男孩子，也不管"齐柏林飞船"[1]的巅峰之作"通往天堂的阶梯"，单单是看着莫莉腾空小金属罐来装那些奇奇怪怪的东西就让卡洛琳担心。她到底要干嘛？"这太酷了。"莫莉说

---

[1] 齐柏林飞船（Led Zeppelin），一支英国的摇滚乐队。

着，从满头金发的边缘抬眼看着。在卡洛琳眼里，这些一点儿都不酷。莫莉每说一句话都要拂拂头发，不酷；莫莉撩起她的米奇 T 恤显摆杰夫·托马斯留下的 20 个吻痕——有 10 个就在乳房上——不酷，安娜看到后曾尖声叫道："太帅啦!"帅？简直就是不雅。这不雅就像是莫莉身上的顽疾。后来，卡洛琳得知莫莉和安娜还带男孩子去了农庄。安娜和莫莉绘声绘色地描述了农庄聚会的周末夜晚。有人从网球盒子里拿出了红色的胶囊，然后安娜醒过来发现一个男孩在抚摸她，她讲述了她费了多大的劲儿才让自己的嘴巴听使唤："请停手。""太可怕了。"卡洛琳说，但是，安娜和莫莉却不以为然。"卡洛琳，我们没事儿的。"但卡洛琳却无法确定她们没事儿。她想告诉她们不要带外人去农庄。农庄对于卡洛琳来说具有特殊的意义，是她和闺蜜聚会的地方。是她告诉她们篱笆墙的缺口在什么地方，是她带她们去的松林，是她带她们去的玫瑰园。农庄是神圣的。她们的圣地。她想对她们说，不许在那里吸毒，不许做蠢事，更不许做不雅的事。但她知道，她的想法很可笑。农庄不是卡洛琳一个人的。她们都可以去。其实，她只是想让她的朋友们回到她的身边。她想让莫莉回来。她想念周五晚上的纸牌游戏。她想念直接从大罐子里大口吃冰激凌。还是不要想莫莉、安娜、茗用假身份证买酒喝的事情吧。但是，海伦听到她们三个那天晚上干的傻事时，怎么会不担心呢？她只说说："是啊，这三个傻瓜，不过，她们肯定很开心。"难道安娜总是和莫莉粘在一起，海伦就一点不妒忌吗？海伦解释说，友谊又不是一夫一妻制，友谊无法预测，也无法把朋友总是拴在自己的身边。但卡洛琳觉得这就像是某本心灵鸡汤类书籍里面的套话，或者是拉姆·达斯的《活在当下》里的某句话。难道海伦和安娜戴着嵌着彼此名字的项链，体现的不是密友第一的真谛吗？后来，卡洛琳鼓起了勇气，对莫莉说，她感觉莫莉就像是即将脱离轨道的摇晃不定的过山车。而她，卡洛琳，被莫莉的所作所为吓坏了。莫莉到底和多少个男孩子约会过？她才16岁就和大学生约会？好朋友是不是应该讲真话？好朋友是不是不应该欺骗，让她觉得自己就是又一个玛丽莲·梦露？莫莉微笑着依偎在卡洛琳颈边，不为所动。甚至她的声音也非常柔和。"你就是我忧虑的小娇柔。这就是我爱你的原因。但是，别担心，我就是想在变成我们父母那样子之前找点乐子。"那以后，卡洛琳再也没有说过什么。她不想说了。从那时起她就待在家里。

多年以后，海伦放春假时，她们一起看《孟加拉虎》时，海伦告诉卡洛琳，莫莉有女朋友了。

卡洛琳大吃一惊，嘴巴都无法合拢，"同性恋？"

"是啊，而且还是彻头彻尾的同性恋。"海伦说得有些漫不经心，但卡洛琳却一时无法转过弯。

"等会儿，"卡洛琳说道，"她把她那头漂亮的头发都剪掉了？"

海伦爆发出一阵大笑，然后吹灭了铺着台布的餐桌上的还愿烛。

"我告诉你，莫莉只是沾了梳平头、穿夹克、别腰包的男人气。但她还是留着漂亮的长发。她还是那个美丽动人、魅力四射的莫莉。只是，她喜欢女人。"

卡洛琳有多久没有见莫莉了？三年多了。她的朋友有了什么变化？卡洛琳自己的生活的确发生了变化。莫莉甚至不知道埃利斯得了精神病。也不知道卡洛琳常常被恐惧困扰。卡洛琳辍学了，躲在父母的家里，心情焦虑。好像埃利斯的病会传染一样。她花了三年的时间帮助埃利斯康复，好像也在等待自己的崩溃。她又开始开车了。她甚至送海伦去赴宴。

"如果我打电话，莫莉会觉得奇怪吗？"

"哦，上帝，给她打电话吧。求你。"

她想念莫莉。在莫莉面前她本不该觉得尴尬。以前莫莉会称她"忧虑的小娇柔"，但充满爱意。她甚至可以想象，莫莉会皱皱鼻子，然后说："别担心，你永远不会像埃利斯的。你真的很正常。这些都是暂时的。"她想念莫莉，也想念作为圈子一员的日子。从海伦那里得知，她们的圈子还经常一起出去，甚至会跑去结识各自的大学同学。是她自己退出的。为什么？即使莫莉的变化让卡洛琳再一次体验了高中时的恐惧，但是卡洛琳明白，她们其实一直都在变化。这是不可回避的。这也正是友谊的美丽所在——无论发生了什么变化，她们还是想要在一起。

"你确定莫莉不会嫌我电话打得太晚吗？"

"大家都会开心死的，因为莫莉终于可以闭嘴了，终于可以不再唠叨因为她青春期犯了错，你就抛弃了她。"

"哎，她就是犯错了。"卡洛琳耸耸肩。

"喔，她还是老样子啊。但现在是深陷爱河的同性恋荡妇。"

卡洛琳盯着自己的手机，盯着等待接通标志在一圈一圈地旋转。屏幕上显示着"ICE"，丹尼就是她的"紧急情况联系人"。他的名字不出现在屏幕上，仅显示"紧急情况联系人"。她想听见他的声音。她需要。丹尼的坚定可以让她安心。她已经不再是那个惊恐不安的女孩了，部分是因为丹尼磐石般的坚韧。他称她野丫头，和他相比，她是不够稳重。她的朋友们都称丹尼为好好先生。好好先生听着有些古板又无趣。和其他人相比，她的生活是很无趣。但是，是莫莉告诉她，不要在意其他人的看法。

"总是拨不通。"她自言自语道。卡洛琳按了重拨。她感觉自己的喉咙发紧。

"到门廊上试试。"海伦像提着兔子的脚一样提着自己的电话走近，"我手机上的信号还有几个格儿。"

老友

一切都逃不过彼此的眼睛：你怎么回事？你没抹口红！你蓬乱的发型和十年级时一个样子。只是现在不再是条染，而真的是白发了。

你不可能拥有一切啊。

当然，友谊永存，虽然困难重重，但却是世上最最美丽的。

1976 年，迷幻之旅

"救救我们。"安娜光着脚爬上了海伦的车。"简直就是噩梦。"开车回海伦家的整个途中，安娜和茗轮番地道谢，谢海伦救了她们，谢海伦善良，谢海伦够朋友，"谢谢你，救了我们。"最后海伦忍无可忍，喝令她们闭嘴，不然就让她们光着脚穿越黑斯廷斯大街。

她们做好了计划，去农庄来一次迷幻之旅，但后来厄运来了。女孩子叫它农庄，其实是别人的房产，并没有荒弃，只是大石头房子有多年没人居住了而已。房子里的家具都用布苫着，还留了一个看屋的人打理。农庄在卡洛琳家后面。卡洛琳告诉她们围墙哪里有缺口。这是个奇异的、野趣盎然的地方。一个池塘，一个长疯了的玫瑰园，迷宫一样的山石，开着花的灌木。除了被弃置的花园，土地也撂荒了，杂草丛生，相互纠缠，林中落下的松针给地面铺上了厚厚的地毯。女孩子们躲避着看屋人，但她们知道他在看着她们。他似乎并不介意她们在里面玩耍。

对于茗和安娜来说，在这么好的天气到农庄来次迷幻之旅是个完美的计划。嗑药这事想想都觉得完美，这样的经历想想都觉得奇妙。但是就在她们喝下药水之后，茗的父亲曾歇斯底里地指责茗没有家庭责任感，他冲她大喊大叫，说她就像愚蠢的美国女孩儿，目无尊长，不能让父母骄傲。其实他喊叫的核心就是希望茗待在家里，自己打扫房间，好好准备大学入学考试的面试。后来，就因为她没有马上礼貌地表示顺从，就被罚做更多的家务。大部分时间，安娜都藏在茗的房间里，动员她一起出去玩，但最后茗还是顺从了父亲，甚至下跪求饶。

"原谅我，爸爸。"茗后来跪在海伦家的地板上，亲吻海伦的手指，给她们展示她是如何取得父亲的原谅："我不是好女儿。"

当茗叙述她用吸尘器吸尘时，安娜如何蜷缩在床上，担心自己像螨虫一样被吸进软管时，海伦几乎笑尿了。

"这不好玩儿，"安娜说道，"真的不好玩儿。"但海伦坚持认为，尤其是在茗承认自己在实测中得了高分，尤其是类比考试部分获得了高分之后，安娜在茗的家里藏匿这事就让人觉得很好笑，因为虽然茗发誓不再嗑药，但把安娜藏在家里这事本身就值得思量。

海伦在后院把毯子铺开。"这里虽然不是农庄，但是，呵呵。"海伦的父母出门度周末了，所以，就像海伦说的，一切都很美妙。女孩们趴在毯子上，望着风吹拂着树冠。除了不像茗和安娜那么手舞足蹈，海伦也可以理解她们所描绘的光和影在林间穿梭时产生的那种幻觉。

"你天生就是幻觉女王！"当海伦指导她们如何眯上眼睛观察光影，如何穿透树叶编织成网时，安娜喊道。

"答应我。"安娜用手肘支撑起身体，盯着海伦，"你完全不用嗑药。我希望你永远都不要尝试这种所谓的迷幻之旅。"

海伦狠狠地瞪着安娜，接着又用手指点她。因为——靠，她根本就对嗑药没有兴趣。他妈的，安娜知道的。他妈的就在此时此地，即使是安娜和茗在幻觉中发誓再也不嗑药，这一切都是那么滑稽——他妈的，凭什么海伦永远要充当拯救者的角色呢？

压力

安娜一直都知道。看一眼海伦，她就知道了。安娜看见她的朋友穿着蜜色的衣服，双手沾满油彩，手腕上松松地缠着幽谷百合的手环。海伦看着阿萨，阿萨也回望着她。一切都是注定。在落日的余晖里，在这夏日清澈得让人心痛的光影里。安娜明白，海伦也明白，海伦想马上、立即就告诉安娜。安娜，在告诉其他人之前，我得告诉你，她打算这样开始。或者，安娜，我有个秘密要告诉你。海伦什么都没说，拇指按在安娜左脚的足弓上，她在等待一个合适的机会。她在想，她的好消息会不会影响安娜的决定，能够让安娜不再抗拒治疗，不再放弃做海伦生命中最为重要的人？或者海伦在犹豫，害怕她的秘密并不能影响安娜怎么办？夏日的光不能打动她。舒适的织物不能打动她。闻闻这个，安娜，幽谷百合，我们的最爱！但还有更多的。唔，还有呢。海伦希望得到谅解。在安娜已经放弃希望的时候她依旧抱有希望。海伦想为她还抱有希望得到谅解。海伦按着安娜的跟腱。喔，是啊，她们都喜欢幽谷百合，喜爱它绿绿的叶子和小小的白色的花，就像女孩子美丽的春装。去开始你的新生活吧，安娜想着，闭上了眼睛。现在只有一个最重要的秘密，那就是她孩子的孩子，她都开始想象那个孩子的模样了。

经验

她们也聊天，但主要还是看着安娜在睡。茗开始发抖。莫莉搀着她，在安娜的鼾声响起之前，走出了屋子。

101 医院

安娜的病房里一直访客不绝，这让阿萨很烦恼。而且，最最让人烦恼的是，这些访客不但让病房热闹不堪，探望之后还聚集在病房外面，和他确认当值医生的话，就好像他该知道一切似的。

阿萨晚上会到病房，读报，和她分享巧克力棒。

"我帮你想了个主意。"安娜说道。

"你手头的事情太多啦。你应该好好想想自己的生活。"

他很高兴听到她开心的语调。有时，来一点点黑色幽默比访客的那些过分亲热的关心要好得多。

"你该见见我的海伦。"

"那个和你抵足而眠的高个子？"阿萨把椅子挪到了旁边，脚蹬在病床的金属支架上。

"喔，你以为我还有很多时间吗？是，她是我最亲密的老朋友，你未来的妻子。"

阿萨不能理解，为什么就没有办法让人相信，他不想再找妻子，更不要说女朋友了。他的朋友们，还有不知从哪里冒出来的高中同学，他孩子的朋友的父母，都想替他出谋划策。就在昨天，给他母亲做手术的医生还把自己侄女的电话号码给了他。年轻的、成熟的、美国的、阿根廷的、有孩子的、有经历的——每一个人手头都有那么多适合他的人选。

现在是安娜。

"谢谢，不过我现在得和肿瘤学较劲啊。也就能有空来个一夜情啥的。"

"这太悲观了。等见到我的海伦再说。"

"你错了，安娜。你不了解我。"他撕开包装，在糖果棒的中间咬了一口。

"事实上，我很了解你，阿萨。所以我才让你有机会见我最好的朋友。"

讲述

冰箱里还有东西坏掉了。真希望"不要再送食物"的贴条会起作用。天天挑选需要扔掉的食物，这简直让鲁本发疯。一切都落到了他的身上：贷款、电费、房屋修缮。他是唯一的联系人。要和临终医院的凯特谈话。每隔两秒钟，就会有亲戚朋友来问："有什么治疗方案？"

还有他们的孩子。他们是不是已经成年不重要。他们永远是他们的孩子。安娜和鲁本同他们三个一起谈了话。第一次是在好多年前。然后是两周前——是两周吗？——鲁本看到了他们脸上的恐惧，仍继续说："我们都需要同意。这是妈妈的选择。"

然后，就是每天十次，"现在怎么样了，爸爸？"

"够了，够了。你们每个人都和我说点什么。"那个周六，全家一起大哭了一场，之后，安娜坚持说，"每个人都说一件高兴的事，生活的、工作的，都可以。咱们都要开开心心的。"

鲁本很吃惊地发现，孩子们都坐在椅子上，像中学生做项目报告一样，认真热切地应答。老大朱利安，讲述了著名美食评论家撰文把他的餐馆评为星级餐厅的事，在引用评论家称赞他为"福蒙特的爱丽丝·沃特斯"时还羞红了脸。等着朱利安说完了餐厅的新规划后，双胞胎中的安迪激动地描述了他的新工程。"是个大单，妈妈。"那是俄勒冈海岸上的一所房子。还有他们在波士顿的联排别墅。"妈妈，这些人简直太有钱了。还特别有品位。我不仅负责这两处房子的家具，还有一切内部装修的木工活儿。我至少得忙四年。"

"我也很好，妈妈。"哈珀刚开口，但忽然痉挛似地停了下来。不过，当鲁本用胳膊环住她时，她突然坐直了，然后推开了他。

"我很好。"她再一次开口。她紧握着双拳，放在腿上。她是一名护士，第一年在新生儿重症监护病房工作。哈珀讲了一个 26 周就早产的婴儿最后和父母安全出院回家的故事。"三个月后，我们还给他开了告别派对。"她说道，"他叫尼诺，但我们都叫他大力神。"

"大力神。"安娜大笑，"这名字真不错。你呢?"安娜转向了鲁本。

他一开始没有说出一个字，只是咕哝了一声儿。孩子们说话时他一直屏住了呼吸。他讲了自己的室内栽培——豆子、洋葱，还有西红柿。

"你每年都要弄园子。"安娜微笑了，这让鲁本平静了下来。

现在，鲁本又打开了冰箱门。食物更多了，塞得满满的，都包装完好。茄子汁、绿菜花蘑菇乳蛋饼。食物是用来给每个人以安慰的。今天、明天，甚至以后，都可能会被安娜吃掉的。

然后，忽然有一天，安娜告诉他说他应该和凯特结婚。"你肯定已经注意她了。"安娜开着玩笑，"我知道你的口味。"

"哇，我是不是可以这样开始啊。"他反击道，"我垂死的妻子要我和你约会。"他正在拆着四柱床。她之前一直不肯用医用床，直到现在，已经不得不用了。"我还真是个累赘哈。"

"你就是累赘，鲁本。你是我唯一的遗憾。"安娜说，"我真不应该和你分开。"

"求你，别说了。"

但是，听安娜这么说还是有些安慰，"是我放弃的你。"

后悔是无益的。路还是要走下去。

2

判断

"情况不错，安娜。"

医生的手指轻轻地搭在她的手腕上。她的眼睛盯着机械床的轨道，还有角落里灰色的塑料五斗橱。

"希望情况不错。"

祈祷

有人把房子的四周挂满了经幡。

天啊。

"安娜看到这种无聊的举动肯定想吐。"海伦说。

"何止是想吐，"莫莉说，"简直想死。"

"现在我明白为什么了。"海伦说。

所有的女人都大笑得喘不过气来。她们凑近了些，都站在了阳光能够照到的那一方地板上。

"谁干的？"莫莉问道。她们站在长长的车道的中间，看着暗影里的房子。彩色的经幡从屋顶到地面，呈倒三角状包围了房子。经幡上绣满了或者涂满了鼓励的话。两面相连的旗帜上缝着鲁米的诗句。

"就是那些当地的女人。"海伦用手画了个圈子，好像想抓住一个入侵者。"临终医院，经幡，都是她们的错。"

"海伦，你的反应也太激烈了。"茗笑得都说不出话来了。

卡洛琳努力忍住笑："不，茗，现在我们明白了。海伦是对的。她们会杀了她，用新时代的方法。当心那些所谓的权威。"

"警官，警官！"莫莉挥舞着胳膊。

"我都要笑尿了，"海伦用尖锐的声音说，"都停下来。"

"性爱运动，女人，性爱运动。"莫莉喊道。她们停不下来。如珠的妙语、尖锐的嘲讽。大笑，相互依靠。她们无法停下来。四个女人走到了半山腰上，她们回过头来看被装饰好的房子，安娜和鲁本还有医生要在那儿单独谈谈。

更多

"当然，"医生说，"我们可以试试，安娜。"

医生叫约翰，周末天气和暖时会与鲁本一起骑车。他妻子，康妮，是安娜当地最亲近的朋友之一。他们的住处隔两条街。在过去的几年里，约翰常常在半夜被紧急电话叫醒。他每每从床上爬起来之后，康妮总在身后喊他："告诉她我早上过去，帮她送孩子上学。"

但是每当见到安娜时，约翰总是保持着大夫的样子。

现在，这个下午，安娜准备求他允许把各种监测仪器都关掉。

"我每次心跳慢下来一点，起搏器都会让它快起来，那怎么办？"

鲁本站在床脚处，膝盖抵着弹簧，尽量保持平衡，让她处于平稳的状态。

"除颤器。"约翰更正道，然后再次和安娜解释，其实她安装的是除颤器和起搏器的二合一装置。然后，他又解释，为什么不能关掉起搏器，因为它可以让她舒服一点。不过除颤器可以关掉了。是啊，她心跳放缓的时候可能会给心脏带来压力。约翰想让她知道，不是所有的医生都同意关掉除颤器的。或者，只是在它真的让心脏跳动放缓的时候关掉。

"我想关掉。"她再一次强调，自己不害怕死亡，而是害怕走向死亡的过程。

"我不确定今天可以。"他没有合适的植入式心率转复除颤器的通信装置。他安装了一个陶瓷的仪器。"这个应该可以，"他解释道，"要不我找个心血管医生朋友要一个？"

起居室的地板响了一下。难道鲁本没有要求所有人都回避吗？去散个步。昨天，他打开卧室门的时候，两个当地的妇女斜着眼看他，似乎在守护安娜对于婚姻的抱怨。"她想要你在这里吗？"但是，今天外边没人。

尽管如此，当鲁本坐在床边时，他说："天啊，她们简直想毙了我。"只听到安娜的笑声。

"那咱们试试。"她从床上坐了起来。想想主意。

约翰把一个陶瓷装置放到她胸口。她无法呼吸了。推开他的手，她张开嘴大口地吸气。她挥舞着手。"不，不，不行。"

安静下来后，她说："我觉得我只是吓坏了。"

"临终医院就是想让你舒服些。我也不确信这些是不是都有必要。"

"我应该再试试。"

"不急，安娜。又不是要比赛。"他知道康妮如果听说这些仪器达不到安娜想要的效果会很高兴的。他妻子一直在提醒他，安娜已经不耐烦了。"她不想要什么时间，"康妮早上和他说，"但是我需要有她在的时间。"

"你不该催的。"安娜坚持。

"关掉仪器也无济于事。"

"我有孩子。他们的生活需要继续下去。这样不好，我拖来拖去的。"她要求多加药。做一切可以"速战速决"的努力。

"一切还不能这么快地如你所愿啊。如果你坚持，几天后我会把除颤器关掉。但是，为了保持你心率平稳，我希望不要关起搏器。不然会不舒服的。那不是你想要的，安娜。"

他不会告诉康妮他会让一切仪器运转的。今天本来是可以关的。打开仪器的磁棒就可以骗过安娜，至少暂时可以。这只是在紧急情况下使用的办法。但是，他无法忍受康妮的表情。他最后会按着安娜的要求做的。他是医生，但他也是康妮的丈夫。

安娜抓着约翰的手，约翰还拿着磁棒。"你知道我要什么，约翰。我真的不是要舒适。我需要你的帮助。"

了断

安娜要对付的，就是恐惧。

1. 所有的自怜，无尽的内心的交战，所有无法控制的东西——去吧。

2. 所有掩饰无法消除的恐惧的努力，还有弥漫在她和余生之间的愁雾——去吧。

3. 对现在的恐惧远胜于对余生的恐惧——去吧。

4. 身体的背叛所带来的糟糕的耻感，那些藏在她心脏里的捉弄人的坏细胞——去吧。

5. 现在就开始新的一轮毫无信仰的生活吧。

俄勒冈

"我还需要其他的帮助。"等鲁本一离开去倒水,安娜马上说,"你得帮帮我。"她绿色的眼睛睁得大大的,定定地看着约翰。她向前倾着肩。她用尽了一切办法。尽快让她走到尽头吧。她需要。

"我不能那么做,安娜。"他可以假装听不懂她在说什么。可是,他懂。

"约翰,你知道你不能拒绝的。"安娜诱惑道。她一直就是个美女。她一直自恃美貌。但现在,悲剧啊,她骨瘦如柴又肿胀不堪,她眼球突出,这些是她以前都不需要费心的。

"这不允许。马萨诸塞州不行。"

"你觉得那样对吗,约翰?"

"我的想法不重要。是法律,安娜。"

"我们不能假装这是俄勒冈吗?"

"行吧。"约翰敷衍道。不能给她机会多说了,她反应太快,总是能采取主动。但是,从他们多次的谈话中,他知道,其实她并不像听起来那么决绝。

"我们谁都不告诉。"安娜笑了,很满意的样子。"也不告诉鲁本和康妮。"

"你十五天后还会问我的。"

"不会。"她的表情不再忸怩，反而变得果决。"我准备好了。或者周末以后吧。等孩子们走了。"

"但是我们假装是在俄勒冈，是吗？"约翰把文件包放在了腿上。老式的医生文件包。很久以前他的许多同事就换成了更随意些的双肩背包了。但约翰觉得，用手抓住已近旧了的包带更踏实些。

"在俄勒冈，得先口头申请，然后等十五天，患者再第二次提出口头申请。之后是书面申请。"

安娜拍了拍约翰。

"我错过什么了？"鲁本回来了，"在谈什么？"他手里端着水，站在床边，看看安娜，又看看约翰，感觉房间里的气氛怪怪的。

"就是你可爱的安娜想诱惑我，想让我违背神圣的誓言。"约翰说着给了安娜一个飞吻。

鲁本把杯子递给约翰，象征性地做了个干杯的姿势。"你的意思是说我也可以追求我那二十年的梦中情人康妮了？"

秘密

"你别走。"约翰拿起包离开卧室后，安娜说道。

鲁本在她对面的扶手椅里坐了下来。

"我只是想静静，稍微静静。我爱我的朋友们，但是她们——"

"累死人、烦死人。"鲁本抢着说道,"尊重你的选择吧。"

他们一开口就知道对方想说什么。从他们十九岁起。他们喜欢。婚姻密语。即便他们也曾攻击过对方。

"和约翰说什么了?"

"算了吧。没用。"

然后,安娜笑了,撇着嘴地笑。他熟悉这种表情。专属于她的微笑。调皮而又得意。他熟悉她所有的表情。

"什么?"

"某人告诉我了某事。"她动了动嘴唇,"这是一件最棒的事。无与伦比。"

"什么事?到底什么事?"她动嘴唇的动作表示,她就要吐露真相了,非常想和他分享的真相。

"好得不平凡。简直就是个美丽的惊喜。"

"你至少要告诉我是哪方面的事情啊。"

"就是不告诉你,你还是自己想办法吧。"

"你就是个最最讨厌的坏家伙。"他得想办法把她的话套出来。"到死都是个小坏蛋。"

"我就是坏蛋。你会知道最糟糕、最残忍的真相。不过,大家都会觉得我很棒啊。"

1978 年，姑娘们

"希望事情不是这样的。"安娜继续注视着书写板，头也不抬地说道。海伦看到安娜快速地翻了一页，她在纸上快速地写着，好像要用很多话把这小小的一页纸塞满。休息室丑陋到了极致。橘黄色的塑料椅子，芥末色的墙壁，绿色的地毯——海伦觉得每一种颜色都难看至极，结合到一块儿的效果简直就是难以想象。墙上挂着的金属框里镶嵌着印制的油画，颜色和光线都很柔和，印象派。一幅是德加的《舞者》，一幅是玛丽·卡萨特的作品。毫无疑问，这些画作是为了起到镇静的作用。心理学 101 课程和艺术史 101 课程的结合。海伦发现没有一幅是卡萨特母亲和孩子主题的画作。

"至少我们俩一起。"然后，海伦看了看长长的单子，快速地判定她没有那些永远都不希望有的健康问题。

"好像不太妙啊。"安娜皱了皱眉，对海伦的反应有些不满，好像认为海伦不清楚她们的处境，好像海伦以为只是像高中时衣服搭配得不当那么简单。很显然，安娜是对的。她们俩月经都推迟了。显然，如果检测什么问题都没有最好。海伦觉得，两人都怀孕了也不那么糟，至少，她们可以一起面对。

办公室除了她们没有别的病人。玻璃后面坐着一位冷冰冰的女人，当海伦把检测报告从玻璃下方的缝隙塞进去时，那个女人快速地合上了文件夹。海伦努力不和那个女人有眼

神的交流。她多么希望自己有固定的男朋友，多么希望自己
采取了避孕的措施，那样的话，她就不用在这里忍受这种尴
尬了。但是，这个经历也让她感觉自己长大了。感觉自己的
大三就要结束了，她终于差不多可以赶上安娜了。

"我知道我逃不掉了。"她们俩抽血之后，又忐忑不安地
坐在塑料椅子上。"我真的感觉有点不一样。"安娜说着哭了
起来。她蜷缩在椅子里，海伦不得不把手塞到她的两腿之
间，才能紧握她的手。

"我也一样。"海伦说。但她坐在那里，感觉自己恐怕和
平时没有什么两样。她把手掌按在乳房上，想感觉一下传说
中的酸胀感。现在真的比其他月份酸胀吗？月经不规律对她
来说不是再正常不过了吗？

海伦指了指墙上挂着的修拉关于公园中女人的印刷版油
画，说："她们的屁股，很像孕期的女人啊。"

"没事儿，鲁本。"安娜后来打了电话。"我是说，我没
事儿。我们很幸运。是海伦。她约了周五。"安娜压低了声
音，好像在暗示鲁本，这是他们两个人之间的秘密。"不，
他们分手了……当然……他就是个白痴……是啊。我带她
去。我得走了，海丽有点麻烦……当然，我会告诉她。"

安娜挂断了电话，倒在了海伦的床上。"鲁本说他很遗憾。"

"你确定要这么做吗？"

"那当然。你不懂。我们有自己的安排。毕业，工作一年，也许两年后，他再回学校读研，然后我们再结婚。27岁，最迟 28 岁结婚。我们花这么多时间讨论孩子的事，真是太傻了。我不能忍受，我和他一起伤心。"

安娜的声音中透着自信。她没有掉一滴眼泪。海伦从她的语气里听出了决绝，那种能说服一切人的坚定。当然也能说服她自己。

"但你和他说是我?"

"哎，我得找个理由啊，这样他就不会来了。"

"算了，安娜，弄这么复杂。还要说这么多谎。难道鲁本不该知道吗?"

"你不明白，他不能知道。他会把一切搞砸的。永远别说，千万别说。"

安娜滚到了一边，用被子蒙上脸，哭了。听到毯子下面传来的抽泣声，海伦反而松了口气。但当海伦把手放到安娜后背上时，她却滚到了床的另一边，躲开了她的手。海伦希望安娜没事，出事的是她。也是因为，每次有事发生，总是安娜先遭殃。其实，虽然这是件错事，但海伦觉得能成为焦点，感觉不错啊。嚎啕大哭。海伦不知道该怎么做。让安娜擦干眼泪? 说这种让人烦恼的谎言感觉真的不好。她应该找一个别的话题吗?

但是，对安娜，最好还是保持沉默。沉默，对她们俩都好。最重要的是，让安娜知道海伦在一旁陪伴。无论有什么纠结的事情，安娜最终都可以解决。她一直如此。那么海伦就静候佳音吧。

但是，电话铃响了，是鲁本。他和海伦说，为她难过，但好在她还有安娜，海伦压低声音，"你知道，我也会那样对她的。"

事情就是这样。为了安娜，她愿意说谎呢。她愿意为安娜做一切事。

安娜拿起了电话，然后背对着海伦坐了起来，脚在床边荡来荡去。

"是，我哭了。"她口气简断，甚至有些轻蔑。"海伦就是个傻瓜。你希望什么？我们俩都怀孕——不，不，你不能来。你也帮不上什么。你只会添麻烦。我得在这陪海伦。"

海伦知道鲁本一切也都听安娜的，因为肯被安娜呼来唤去也是爱她的一部分。

安娜和鲁本商议计划时，海伦在旁边听着。和医生约了周五。这部分是真实的，但是之后，谈判就开始了。而且还那么煞费苦心。安娜什么时候计划的？甚至一点点犹豫都没有。海伦听到，之后她和安娜要去楠塔基特。去找个夏天的零工。听安娜的语气，这是她们俩都想做的事情，而且已经谈论几个月了。茗会开车送她们到码头。她们没工作，不过有个朋友在一家叫白象的豪华旅馆做服务员，那家旅馆给职工提供住处。她还说，在她们安顿下来之前，住在她房间的地板上就好。没准儿她们也会在那家旅馆找到工作。机会不错呢。等她们找到工作和住处，鲁本就可以过来，度周末。

"好了。"安娜对鲁本说，"想想看啊，我换床单，擦洗浴房？多好玩儿。"

"那能有什么问题。"安娜反驳道，口气就像专家。海伦明白，鲁本是觉得做完手术的当天就出门旅行太过危险了。

"有什么可冒险的。天啊，又不是什么大事。我和海伦都能搞定。"

周五的时候，海伦陪着安娜去了医生那里。"我是计生咨询师。"那个女人说道。她说得很慢，海伦甚至怀疑她是不是以为英语不是她们的母语。海伦觉得，应该有两个咨询师，一个管流产，一个管生产。

咨询师问问题时露出了既友善但又公事公办的表情。"是的。"安娜答道，语气干涩而疏远。这是必须走的程序。是的，她考虑过另外一种选择。是的，她有男朋友，也征求了他的意见。是的，他们采取措施了。是的，她知道如何插入隔膜。是的，她知道每次如何换药。

咨询师的身子向安娜探了探，描述了上午的手术会怎样。她努力想做出一种安慰的姿态，但却让人有种害怕的感觉。

"但我需要她在我身边。"安娜说着抓紧了海伦的胳膊。

"她不能进去，"咨询师重复道，"我很抱歉。"她眯起了眼睛，目光坚定但充满了同情。她表现出了一种身经百战的姿态。她都见过——女人的痛哭，抓紧男朋友或母亲，所以她已经学会如何毫不徇私。

"求你了。"当那女人继续讲解如何吸气和呼气时，安娜继续恳求道。

"全程都会有护士陪着你。你的朋友会在外面的休息室等。她可以参与你的康复过程。我们现在谈谈费用问题，然后就进行下一步了。我知道你很着急。"

安娜开始还争论，但后来就显出了无助的样子，手伸进口袋，拿出了支票簿。

咨询师用手指在安娜面前的纸上画了条线。"只收现金。"

"我没有现金。"安娜声音沮丧，"我只有支票。"

咨询师不出声，只是用手指指了指纸上画线的部分。

"没关系，安娜。"海伦说，"你在这等，我去银行。"

海伦出了诊所，外面的世界还是那个世界。应该有所不同啊，该有点戏剧性啊，天空应该晦暗啊。可是，世界还是那个世界。她开着车，走的还是那条路。世界不会因为她最好的朋友在诊所里被护士按着胳膊而有所改变。在这儿，诊所不存在了。红灯亮了，然后绿灯亮了。海伦轻轻地踏油门。她轻巧地开着车。转向灯，限速。一切都中规中矩。她向右打轮儿，向伍德沃德大街驶去。路过了学校，然后又路过了公共高尔夫球场。她们常去的地方。远处停着白色的高尔夫球车，男人们正在绿油油的草坪上弯着腰。六月初最为平常的一天。男人们把小小的白球击入球洞。一切怎么还能如此寻常呢？即便是这个想法，对海伦来说，这个小小的启示都是那么寻常。她总是那么惧怕例外。从艺术史中，她明白了即便是这小小的启示都不是意外。从艺术史中，她知道了勃鲁盖尔对伊卡洛斯坠落的观察。然后她路过了圣心中学，她还是小女孩时陪伴她的爱尔兰保姆罗丝待的地方。她到底知道多少罗丝的故事？她知道当她的母亲去求助教区牧师时，牧师苦着脸皱着眉，厌恶地说："这些女孩子都是等发现自己怀孕了才来问我。"罗丝怎么样了？她去了哪里？生孩子了吗？海伦希望能够去问问自己的妈妈。她驾车去了银行，这一切都涌入脑海，其实，她一直都努力把自己的思绪集中在安娜身上，好像是她自己坐在诊所的休息室等着被叫到治疗室里一样。她想象着安娜坐在桌前的样子，想象着咨询师描述的真空吸尘器的插头。

海伦把车开到了停车场，冲进了银行。去取两百美元只需两秒钟。一切都没问题，一切都会没问题的。

但也有例外啊。当海伦在排队的人群中看到安娜的父亲斯巴克先生时，一切都不好了。就在她前面三个。这不可能

93

啊。她从来没有遇到过斯巴克先生。从来没有，一次都没有。但是，他就在这。她不知道该怎么办了。她是不是应该溜出去躲在车里等他离开再进来？

"哎，你好，海伦。"斯巴克先生的声音里带着一丝惊奇。

"海伦？安娜呢？"他说，"你们俩不是去楠塔基特了吗？"

现在世界不再平常了。一点也不平常了。一切压力都落在了海伦身上。安娜呢？这个问题在海伦的身体里回响。好像是给她一个坦白的机会。安娜呢？我没和你女儿在一起。安娜呢？我在这里和你一起排队时，她正在做流产。安娜呢？我没怀孕，是她怀孕了，我会照顾她，但我们不知道手术费需要现金，不能用支票。这会儿该坦白吗？她和罗丝在圣心中学时不是也坦白过吗？我不是天主教徒，当牧师问她是不是有要坦白之事时，她轻声说道。

"安娜和茗在一起呢。"海伦都惊奇自己怎么这么容易就说了谎。这个谎言都完美得不像是谎言。"我来换点现金，旅行要用。"

"你们这些女孩子，不到最后一分钟就不做。"斯巴克先生摇了摇头，"海伦，我觉得你是这些孩子中最负责任的。天啊，可别误了船。"

然后呢？

是米奇——谢天谢地——安娜的弟弟打到家里的电话。

"哎，米歇尔。"海伦拿着电话进了浴室，用身体关上了木门。"是我，海伦。我需要你。每个人都喝了迷魂汤。但是你很理性。她不能不听你的话。或者鲍比也行。"她匆忙说道。米歇尔接电话让她觉得又有希望了。

"她不会让步的，海伦。"

"我们以前也让她让步过啊。"海伦在等他的回答。相对于米歇尔的沉默不语，她的声音显得有些大。他沉默的时间太长了。

"米歇尔，"她催促道，"我们以前也成功过啊。真的，得靠你和鲍比啊，最后一次了。她可以为你们做一切事。"

"别费劲了，海伦。"他打断了她的话，声音很大。

但是当海伦停下来——"对不起"——米歇尔开口之前是更沉重的沉默，每一个字都有铅那么重。

"我试过了。我用尽了所有的办法。我告诉过她我正在接受波士顿的一个培训。告诉了她我现在的生活压力非常大。我得在工作、培训和家庭之间找到平衡。但是如果她放弃了，我得把一切压力都担起来。那个药目前还有效果。然后还会有新药。"

"然后呢？"

"但是，如果她说不，我就没有办法了。就结束了，我告诉她，如果是这样我就不再说了。"

"然后呢？"海伦在小小的浴室里走来走去。把浴室里的毛巾三个一组又重新叠了一遍，放到了架子上。她把牙刷重新摆了一下，让它们都整整齐齐的。没有什么活要干了。

"她说她自己也不想坚持了。你醒醒吧。我们两个也许都做了足够多的努力，但我们得一起做正确的决定啊。她居然说我们现在就可以说再见了。"

"然后呢？"

"我这周末回来，海伦。带孩子回来。我会抄近道走莱福里特和蒙塔齐之间的土路。"

"然后呢？"海伦斜靠着洗脸池。她为自己的不够勇敢冲着镜子皱了皱眉头。她在镜子里挑了挑眉毛。

"最后我得说，那是她的生活。我不用强迫自己喜欢。我放弃了。或者，至少，我在努力放弃。"

"你放弃了？她自己做了这样的选择？那我们呢？"

"你说呢，海伦。我们怎么办？"

"我不知道，米奇。那么你为什么要打电话来呢？"

新突破

"别指望着缓解。新的治疗方案也不是万能的。"医生说，"我们处于关键时期。在下一次发作之前，即使有这个新药，我们也已经无能为力了。总是会有新的状况出现。我们有这么多的问题要解决。药也是人制的。有很多事情超出了我们能解决的范围。这是个新领域。一切都发展得很快。超音速的。"

1969年，女孩俱乐部名誉会员

当安娜的父母答应把家里的阁楼给她们做俱乐部时，海伦用彼得·马克思的画风画了荧光橙、亮粉、青柠色的花朵。五个女孩子轮番站在墙的前面摆各种造型，直到在墙上留下自己满意的轮廓，可以填充自己想要的内容。有摘自儿童绘本《爱心树》里面的句子，有甲壳虫乐队的歌词。当安娜的两个弟弟——鲍比和米奇，沿着狭窄的楼梯爬上楼时，女孩们不禁大喊："当心！"男孩紧靠着那面空白的墙喊道："画我们。"谁能抵御米奇那双褐色的眼睛？或者鲍比的请求："我呢？我呢？"

"你们也可以加入女孩子的俱乐部。但只是名誉会员。"女孩们第一次投票之后，安娜宣布道。

室内

仅限于室内。一切超过门廊的范围，或者，最远到汽车道的地方，都不允许。一切好像是不大记得了。一切都像是从前的故事。新主教，不关心。总统连任，不关心。希格斯玻生子，不关心。甚至斯普林菲尔德南二十英里处高速公路上的六车相撞事故，如果屋子里任何一个人看了新闻的话，一定都会说："哦，太可怕了。"但是，没有人看新闻。整个世界都消失了。早间新闻、报纸都没有。外面的世界，没有。即使她们各自的生活都变了样。只有安娜。

3

莱福里特，果树

康妮站在院子里，小腿都埋在泥里。这是两个人的活儿。她要一个人做，真是犯傻。但约翰在医院。那会儿正在给安娜做检查。他曾告诉康妮等他回来再干，他们整个周末都可以做。如果她担心树根在桶里放时间长了会有问题，他建议先挖个浅坑暂时保存。他提醒她，无论如何，今晚的雨，虽然冷，但对新栽的树是有好处的。

但是今天得开始了。必须开始。她有时间。昨天海伦给她打电话，不让她去看安娜。"我们今天晚上都去看她。"海伦说，"我们要和她单独待着，就是老友们。"

所以康妮最多的就是时间了。不挖浅坑。不弄临时栽种。她可不想毁了树苗。她需要这棵树苗来传粉啊，这样就可以结果了。她把这棵梨树仔细地栽好。但不是真正地栽。她没有认真地挖坑。但是她把树苗举起来，放进坑里，扶正，再把土填进去。

坑的四周松松散散地鼓着包。她的手指都木了。她戴了手套。没用。手套是约翰的，总是掉。不管手是否起泡，她都要握紧铁锹。坑还要再放大一倍。至少，要把根放进去，坑也得加宽。

好处在于，挖坑可以让她的脑子不想事情。不想那些坏的事情。她机械地挥着铁锹。她被排斥了。她真的不适应这种被排斥的感觉。她无法描述自己的感受——受伤、罪恶、不安，对，就是这三个词。她在好好打理她的花园——丁香、茱萸、玫瑰棚，木本和草本植物，静谧的花园，弯曲的石子小径——都是为了赶走那三个可怕的词。但是，早上她颤抖着醒来。本以为自己发烧了，但后来才知道是被排斥的愤怒。

她深深地挖了下去。靠，把土扬出去。靠，再来一锹。她从没有诅咒过。撬起块石头，扔出去。靠。靠。靠。康妮是个爱骂人的傻瓜。挖土很有效果，真的。安娜一直都很疯狂，爱骂人。什么粗鲁的话都能从安娜的嘴里说出来。刚认识安娜的头一年，康妮很震惊，但这么多年过去以后，她也觉得这个很宝贵。她能够看到安娜得意的笑：我就知道我可以把你拖下水。不过安娜知道康妮在哼着"去你妈的老友，去你妈的老友"挖土吗？上帝，康妮讨厌这个得意的名字——老友。还有海伦昨天晚上打电话时那得意的腔调：

"康妮，你能和其他人也说一声吗？老友们都要来。我们想和安娜单独待会儿。"然后，她感觉自己的胡说八道还不够分量，还要再加一句："我希望你明白，康妮，我们真的很感激你们这些新朋友做的一切。"

"当然，海伦，"她说，"和你们在一起，的确对安娜有好处。"

现在坑已经齐膝深了，康妮也充分表达了自己的不满。她有一种摔电话的冲动——去你妈的，海伦——但还是控制了自己，好吧，海伦，我告诉你我的决定。你的什么爱、什么感激，统统是个屁。安娜不想和任何人单独待着——包括她自己的孩子和兄弟。所以，别再吹嘘自己是最好的朋友在那里洋洋得意，以为你那一伙所谓最好的朋友就能够点亮她的日子？

铁锹被硌了一下，金属的震颤传到了她整个胳膊，又跳到了脖子。她弯下腰，检出了一块小石子，扔出去，又硌了。在谷里这地方建花园，你真是能够想象出以前的农夫和弗罗斯特所说的石墙了。

也许她就应该说，我们是二十年的新朋友，海伦。我们二十年来拼车去看球，拼车去郊游，周三到周五的早上一起快走锻炼。当想要暂时摆脱老公和孩子时，一起溜到后门见面，互相秀秀喜欢的新款鞋子。然后，孩子们都上大学了，我们在平时就可以一起出去吃晚餐，因为我们都自由了，不用再给孩子们做饭，还有，喔，每周一起开车去斯普林菲尔德化疗，或者安娜在做核磁时，我坐在椅子上等待，或者她陪我做足部手术，我担心自己乳腺出了问题……每天每天，每一件事，都是我和安娜一起做的。二十年了，我他妈的居然成了新朋友。

天上的云压得低低的。要变天了。她的手已经不再是木木的感觉了，是针刺的感觉。康妮闻到了暴风雨的气息。如果坑挖到一半，灌进了雨水，一切就都将前功尽弃。好极了。去你妈的，约翰，去你妈的正确预测。早上他吃着麦片、葡萄干、坚果时说的话。他抬起头看着康妮："这是棵梨树。不是你亲爱的安娜。你搞不定的。"

康妮什么都知道，一直都知道。她是医生的妻子，她是安娜的朋友。安娜一直不是听话的病人——她做不到定期看医生做检查，经常忘记干细胞后期检查。她不介意感染可能会致命，康妮知道安娜无法容忍朋友戴着口罩的样子。对双方都要忠诚，让康妮很为难。她知道，即便发着高烧，安娜还是参加了两次爵士乐演奏会。尽管医生已经一再坚持她免疫系统出问题了，她还是回去上课了。康妮逼着约翰去她家拜访，让他假装是去玩拼图游戏的。当其他朋友问她安娜怎么样时，康妮得想办法分别站在丈夫和安娜的角度说话。

康妮扔下了铁锹。擦了擦脸上的汗水，觉得手上黏糊糊的东西都沾到了皮肤上。嘴唇上都沾满了沙子。

"我会让一切改变的。"这是海伦说的另一件事,"康妮,你们都太过轻易地接受临终医院这个选择了,我很担忧啊。安娜需要有人拒绝她。"

太过轻易?也许这就是康妮被排斥的原因。好像海伦能够了解康妮的感受似的。

她蹲下身子,把自己尽可能藏在坑里。"靠!"她大声叫了出来。吸气时鼻孔里都进去了泥土。她闭上眼睛,再一次尖叫了起来。她听到一扇车门砰地一声关上了。也许是约翰趁看诊的间隙回来帮忙了,她不需要他来帮忙。她瞟了一眼,看到了一个穿着羽绒衣的女人肥胖的身影。即使是背影,她都知道是蕾拉。

"你在干嘛?"蕾拉看到泥猴一样的她时问道。谢天谢地是蕾拉。

"弄园子。"康妮站起身。她从坑里爬了出来。

"要帮忙吗?"

康妮从蕾拉身边冲了过去,把铁锹倚在了工具棚的门上。她摘下约翰的手套使劲敲打,直到一点儿土都没有了。把手套夹在铁锹和棚子墙壁之间。她拖过装着梨树苗的桶,把树倾斜过来,拖进了棚子。

"要帮忙吗?"

"我先去洗洗,然后需要你帮忙,我们一起过去看安妮[1]。我做了她最喜欢的米糕。我今天想去看她。我不在乎谁在那儿，也不在乎谁要单独和安娜在一起，只要安娜没有说不想见我们。"

新朋友

她们看着有车拐进了车道。怎么回事？然后又有一辆。二十四小时和安娜独处的时间，海伦就这么点要求。在电话里一遍又一遍强调，海伦说了她多么感激康妮，感激安娜所有的新朋友。

"你真把她们叫做新朋友？"卡洛琳嘲讽道。海伦真的用了那个词？卡洛琳再一次展示出了判断力。

"不知道，可能吧。"离开了窗子，这样就看不到她们了，莫莉、卡洛琳、茗还有海伦看到玛莎从停在垃圾棚旁边的吉普车上下来。蕾拉和康妮从另一辆车上下来。

"和我们相比，她们是新朋友。"茗辩护道，"这是事实，不是海伦的错。"

她们看着谷里的女人们从车上搬下来碗和袋子。然后聚在蕾拉的小车前说着什么。

"我去让她们离开。"海伦知道她做不到。卡洛琳是对的。谷里的朋友不能算作新朋友。她们和安娜朝夕相伴已经

---

1 安妮是安娜的昵称。

二十年了。而且，她们一直是安娜的一线朋友。这才是个可怕的词汇——"一线"。一切疾病就像是在与病魔战斗，很可悲，很老套。更糟糕的是，这就好像是在狗脖子后面上蜱虫药。无论你想怎么说，海伦反正是看到了厨房墙上贴着的表格，表格中有蕾拉、康妮、玛莎、A.G. 还有帕米拉，还有一些海伦无法辨认的名字，她们都是有计划在工作日趁着安娜的孩子和兄弟们都回家处理家事和工作时要留宿的。这些女人每天都在这里。

海伦只能在这里待 24 个小时。然后她就得开车回家去和阿萨在一起，那里是她们的新生活。

海伦打开了冰箱门，挥了挥手。"安娜能下床了，我们得庆祝一下。"然后她喊道，"开派对吧！都来参加！"

卡洛琳靠近了海伦："你是个糟糕的保镖啊，老虎。"

当地

"嘿，太棒了。"蕾拉把安娜深色的头发盘了起来，"我看得出，你小时候的闺蜜们来看你，你很开心啊。"

"她们让我感觉好极了。"安娜略带歉意地说道。

谷里

鲁本和安娜在谷里已经住了快二十年。先锋谷，坐落在绵延于康涅狄格河畔的广袤农田上，这片冲积平原上长长的

104

烟草棚与长满树木的峭壁紧密相连，玄武岩和铁构成的暗色的岩脊，狭长曲折的道路穿过森林通向山村小镇，在那里有各种工艺品商店和农夫的集市。学校都很棒。每逢周五，几个家庭会边听音乐边聚餐，孩子们一起捉青蛙。每个人都有个圈子，每个人都有各种聚会。鲁本在花床上种植蔬菜，暖棚里常年生长着羽衣甘蓝。安娜被邀请到一个翻唱乐队演奏。她和另外一个也叫安娜的女人在当地的酒吧里唱歌。每辆车的后保险杠上都贴着贴纸。每个人都在反对着什么。

"我们找到了真正适合我们的社区。"入住满一年后，安娜对海伦这样说过。

"你这么说是不是有点自以为是外加另类之嫌啊?"海伦反驳说。"得了，你好啊，美国主流小姐。"安娜说完后，海伦马上就承认自己还是像以前一样有些嫉妒安娜。安娜认识的每一个女人都是那么不可思议地出色。先锋谷的每一位母亲好像都是编织大师、草药专家或者儿童读物作家。

"你每天早上散步时都有不同的伙伴哈。"海伦不敢相信自己的语气听着怎么会那么恼怒，"我感觉自己已经被删除了。"

"但是我可总是向她们炫耀你这个朋友呢。"安娜说，"不是所有人都能有画家朋友的，而且她的画还都是在世界上每一个大博物馆展出呢。"

老友和新友

看，看，这屋子多么像是在搞派对啊！这就是派对了，安娜想。女人们三三两两地随意坐在沙发或椅子的扶手上，热烈地交谈着。茗和蕾拉，莫莉和康妮，她的女性朋友们在互相认识。不仅仅是她最亲爱的蕾拉和康妮，有玛莎、帕米拉和A.G.，还有高中时和安娜一起创建数学活动中心的贝特西，她带来了高中时艺术老师自制的贺卡，上面有所有中学老师们的签名，还有一个装满学生贺卡的大信封。安娜八年级时的社会课程老师珍妮也来了，她跪在安娜面前，端着一碗粉红色的汁液说："这个是很古老的中药。"安娜看到海伦把餐厅里上了漆的椅子拽了过来。康妮和卡洛琳在传着盛米糕的盘子。折起来存在大厅里的假期用的户外椅都被打开使用了。每个人都说得马上就走。A.G.站在安娜坐的沙发后面，给她按着太阳穴。

这难道真是A.G.从古老的部落学到的技能？

然后是住在山上的邻居苏西，带来了热乎乎的糖烘饼。"我和教堂的教友们说起你了。"她探过身子，把手掌放在了安娜的额头上。"大家一起默默祷告真的是有作用呢。"

在生病—康复—复发的反复循环中，安娜领受过祈祷、圣歌，还有各种先锋谷的朋友们坚持会有疗效的奇谈怪论。她不想辜负任何人的好心，但她却从来都不相信。她不相信什么入定，不相信什么集体祷告，但她相信她的朋友们。安娜喜欢 A.G. 对自己的支持，尽管 A.G. 经常在安娜没有商业演出时拉她去教堂唱歌。而且安娜知道，她最好是能在门廊上与她最亲密的朋友康妮和蕾拉待上几个小时，总是有那么多话想和她们说。每逢周三和周五，她和康妮一起快走，周二和蕾拉一起。大家都知道安娜从不接电话，所以谷里的朋友都是登门拜访。在她不再能快走时，她们会穿着运动鞋来。周五的时候，安娜的起居室里会摆着工艺品和红酒。她们聊天、喝酒、做手工、放声大笑——医学证明这些都对身体有好处，有时她们也唱歌。有多少个下午，她裹在毯子里，用两个枕头支撑着骨瘦如柴的身体，闭上眼睛，听着朋友聊天的美妙声音？

是她让这些女人聚在一起，和她起居室里的其他东西一道构成了美好的一切。朋友和美，安娜希望越多越好。更多的友谊，更多的谈话。她就像是那首关于新和旧的愚蠢的歌，有时她感觉自己还需要更多。但是现在，屋子里乱糟糟的，每个人都在和她亲近，每个人都那么努力，露出意味深长的表情，但是现在，她统统不需要——不需要亲爱的朋友们，不需要这古色古香的穹顶的大屋子，也不需要她在主卖蕾丝晚装的精品店里淘来的漂亮古朴的水晶吊灯。"不能打折，"店主曾宣称，"会让你倾家荡产的。"安娜把吊灯带回了家，并没有告诉鲁本它的真实价格。"好啦，鲁本，这才是它与众不同的地方啊。"当他问她打算怎么清理那些水晶球的时候，她这样说道。

水晶吊灯，亲密的朋友——她现在都不太需要。那些爱是如何累积的？还有那个碗里来自雷耶斯岬的海星——那上百颗海星，是她和鲁本在海滩收集，放在棒球帽里拿回来的。她带着它们搬了好几次家，每次她都小心地把它们包好。现在她不能明白，他们为什么不把它们留在沙滩上。

她明白每一个人是多么想竭力让房间明快又充满节日气氛啊。她在每一个人脸上看到了恐惧。但是她不怕，她终于摆脱了无尽的恐惧。现在她打算不再进食了。她和护士单独在一起时，她曾恳求她帮她完成死亡之旅。"我不能。"护士说，"那是违法的。但你可以不吃饭。这样就可以让一切顺理成章了。那是你能做的选择。"是的，她要停下来了。现在，在举办派对。她会配合大家。但是过了今晚，她知道自己想做什么了。

狗狗

茗站在门廊上。"你在吗？宙斯？"

外面的世界

摩加迪沙发生了汽车炸弹袭击。紧急救援。股市震荡。叙利亚政府的贸易指控和暴乱。总统发表讲话。官员们手忙脚乱。伤员。死者。山体滑坡。周六上午，许多家庭在沉睡中被冲到了西雅图以北五十英里处。缅甸暴力冲突。巴基斯坦清真寺遇袭。

新闻，唯一的新闻，就是安娜有没有吃饭，安娜说了什么，护士说了什么。

那个三月，记录一下

委内瑞拉总统查韦斯逝世。阿曼达·诺克斯案件的无罪判决被推翻。马拉拉·优素福重回校园。偷猎者在乍得猎杀了 86 头大象。弗吉尼亚一陆军基地枪击事件造成 3 人死亡。

周五的手工

上周五大家来拜访时，玛莎问安娜，她们能做什么。康妮在完成安娜一月份就开始织的毛衣的第二只袖子。安娜裹在孩子们的旧睡袋里，躺在沙发上。她没有睡着，但眼睛闭着。安娜说，她们该把珠盒、纸张，还有一切做手工的工具都拿走了。"我已经不能再做什么新东西了。"

"我不是那个意思。"玛莎说。

蕾拉冲着玛莎挤了挤眼睛。

"抱歉，但是你问了这个问题。"安娜说道，"你们走的时候把东西都带走吧。"

"可是，我们怎么能这么做。"玛莎说道。

平稳

"还好吗?"卡洛琳站在鲁本身后。她不能控制自己。她骨子里有保姆情结。

"你还不清楚这是个没用的问题吗?"鲁本交叉着双腿坐在厨房操作台前的高凳上,面前放着一叠信,还有被打开了的分类支票簿。

"A. G. 好像在唱歌。"卡洛琳用胳膊环住了鲁本,鲁本向后靠近了她怀里,但是却没有停手,继续处理手头的事,他的呼吸有些急促。

"别招我哈。"他说道。

卡洛琳很开心,因为他也已经不再封闭自己了。

"听着,邻家的那位女士苏西,她说已经请来了教堂的教众们,白天黑夜地为安娜祈祷,帮助她的灵魂进入天堂。所以,别再执念啦,以为只有你一个人在处理这些严肃的事情,伙计。"

节奏

每一次拥抱,每一个关心的眼神。卡洛琳用胳膊环住了鲁本,把他当成了悲伤的笨蛋。这真是可怜。他也觉得自己又笨又可怜。一个可怜的、悲伤的笨蛋。他听起来就像是一个爱发牢骚的家伙,还拿着一大张愚蠢的清单。

鲁本希望一切都快些结束。不是让安娜死，天啊，他没那么混蛋。但是，他希望这等待死亡的过程快点儿结束。他想回归正常的生活。那很糟吗？即便是今天早上，他还抽出时间去骑了自行车。骑行的五十英里期间，他花了大部分时间，用他悲伤的头脑思考他到底想回到什么样的生活，他到底有什么事情要做。他用一种近乎疯狂的速度骑车爬上了希尔曼大街的高坡。他奋力向前，驶进山中，驶在如刀的风里。刺骨的寒风就像金属的利刃切割着他的喉咙。他的四头肌充满力量，他腿上的每一块肌肉都在抽动。高强度的间歇训练，他想强度再大一点，希望自己能够迷失在对身体极限的挑战中。天空蔚蓝，树林中还结着冰凌。但是，他还是无法摆脱头脑里的沉重。他猛踩踏板，快速急转，试图通过更明晰的节奏感受身体的极限。他喜欢这样。喜欢骑行，喜欢那种脚踏板和足部结合的力度。他热爱高山滑雪。好多年前，他就是靠跳伞给了安娜惊喜。他们第一次一起跳伞，一落地，安娜就给了他一个大大的拥抱："我们才是最般配的。"

天啊，和安娜在一起就意味着激情。

或者说就是暴风骤雨。

安娜也希望结束。是安娜一直在要求加快死亡的速度，甚至决定关掉起搏器。临终医院的护士凯特，建议安娜不再进食。有时，好像只有鲁本和安娜头脑清楚。每个人都踮起脚尖儿进屋，或者茗忍不住掉眼泪，匆匆地离开了房间。海伦有些生气，甚至就要歇斯底里了。儿时的朋友这时候的探望对安娜来说并不好。上周末，安娜的兄弟们来，说起尝试新的治疗方案。鲁本和安娜花了整整一个周末，才让他们明白，他们不能改变她的决定。孩子们都很焦虑，但他会在他们焦虑时及时地制止他们。

只有他和安娜才了解一切，其他人只是了解一小部分。他们一起经历了一切——从最开始安娜发病，凌晨三点钟突然高烧。救护车被大雪困住。心脏复苏抢救。后来她又恢复了健康。然后安娜又活过来了。为了疯狂地要抢回失去的几个月时间，安娜整晚不睡，参演每一场现场演唱会，然后早上起来，教数学。她自私而又贪婪。对一切都如此。谁能责怪她？他责怪。但她没有给他留下空间。她把他推到一边。然后又发病了，她又需要他了。如果他们不够坚强，疾病就会把他们击垮。疾病让他们无论是在一起还是分开，都成了不可能。现在，他看清楚了这点。

但是现在，是安娜和他。朋友们离开后，她的兄弟们带着悲伤离开后，安娜请求他留下，这可能会让所有人大吃一惊。她什么都可以对他讲。无论她是什么样子，无论她多么过分，他都可以接受。她就是因为这个，才如此地依赖他。

和每一个人相处，她都要努力表现出好的一面。但是和鲁本不用。她从来不用和鲁本假装什么。从来没有，但这也是他们之间出现问题的部分原因。但现在，这就是他给予她的礼物。

明天，等所有人离开以后，他会搬把椅子坐在她的床边，他们会保持安静，聊天，再保持安静。

"海伦的狗屎建议是什么？"鲁本会说。

"我看见她和你说了。"

"我怎样才能让若别哭了？"

"打断她，鲁本。让她一直炖汤。"

"不，可……"

"够了。"安娜会说，"你就不能知足一点？"

她会随遇而安。但马上又会惊恐。"不，不。"挥舞着胳膊，好像要赶走什么讨厌的想法。

"安娜，没事儿的。"

"喔，你在呢。你留下了。这病有尽头吗？"

他会告诉她，一切都会很快搞定的。他不确定什么时候。很快。对他们两个都是，他希望自己的预测是对的。

1982年，谷里

从前，在安娜和鲁本之前，海伦也住在谷里。那时候的海伦刚刚大学毕业，和四个室友合租了一套四面透风的民房，每月65美元的租金。碰巧附近有一个油画工作室。可以这样说，在这个不知名的小地方，生活是一件又脏又便宜

113

的事。

快到二月份时，莫莉哭着打电话来，因为她相处了两年的女友和一个做金融的白痴小子跑到芝加哥去了。海伦家的一个房间不得不对外开放了。她们还没有开始招合租的房客，隔周莫莉就开车从华盛顿赶来了。

她们就在窗子都是用塑料护板凑合着的民房里度过了那个冬天，暖气也只是在不得已时才打开，目的仅仅是保证管子不被冻坏，而以木材为燃料的炉子需要人不断地照料。一位合租的人凌晨两点还在弹着他的贝斯，还把糊着麦片的脏碗都堆在洗碗池里。另一位合租者是本地的活动家。大多数的晚上都有一群人来热烈地讨论着劳动者的权利，还在餐厅的餐桌上制作传单。六月份，当莫莉把她所有的家当都装上车，到波士顿大学开始读心理学博士时，海伦几乎没有理由地感觉自己被抛弃了，因为莫莉的项目非常诱人：研究经费充足，还有奖学金。

海伦也想离开，但是她无处可去。仅仅靠在一个学校为问题青少年讲授三个下午艺术课的报酬为计的她，又能去哪里住呢？工作室周围的森林和田野都进入了她的画作。夏天时，她会开车到夸宾水库去画滨线。水库很美，可她却总是想着水库下面被迁走的小镇，还有六千座被迫迁走的坟墓。

第二年夏天，安娜和鲁本从加利福尼亚来拜访。他们宣布，夏末时就要步入婚姻的殿堂。他们还做好了下一个五年的计划。搬到东部，举行婚礼，组建家庭。"她终于要给我生宝宝了。"鲁本紧紧地抱了一下安娜。看着安娜投向鲁本的那纯情的目光，海伦的心都沉了下去。

他们离开之前，海伦带他们去了工作室，请他们自己挑一件结婚礼物。安娜挑选了一幅大的风景画，是海伦系列画作中的一幅。赭色和绯红的燃烧着的田野。海伦指着工作室窗外的田野说："就是它。"

安娜的目光在油画和田野之间来回打量，田野上只有冬天后植物的光杆儿，还有枯燥而单调的棕色。

"你让这样一块平淡而又古老的田野充满了神秘感，我喜欢。"

"我或者该离开这片古老的田野，或者就模仿梵高的画风，而这都不会太赏心悦目。"海伦说道。

另一种准备

玛莎认识当地一位据说能通冥界的女人，用超能力超度临终者，使死亡变得安详，不再可怕。也有位萨满师来电话说能助通阴阳两界。空间需要清理一下。屋子里到处都是悲伤的痕迹。起居室窗上挂着的水晶球需要清洗。灰尘会阻挡光线，也同样会涩滞精神。安娜的随身物品被放在祭台上，珍珠耳环代表着智慧，水晶玫瑰象征着爱。

玛莎解释说，萨满教和威卡教不是一回事。即使是威卡教内不同教派崇拜的神明也不一样——北欧信仰和狄安娜传统就大相径庭，狄安娜威卡教与亚历山大威卡教不同，也不相信三倍偿还论。

A. G. 想让每一个人都在装满沙子的铜碗中画一幅描绘来世愿望的图画。

周五手工与红酒俱乐部的成员宣称歌声可以让安娜摆渡中的灵魂得到平静。

谷里的大多数犹太人都是犹太-佛教徒或佛教-犹太教徒，他们告诉鲁本，他们不愿意聚在一起吟唱施马篇或者卡迪什[1]。

安娜的乐队提出要来安娜家演奏摇滚乐。

狗狗

山顶上的宙斯，树林中的宙斯，暗影里的宙斯，是不是就像随风起舞的一小团树叶那么渺小呢？

公主

乐队到了。高大、清爽的小伙子们——一位是木匠，一位是技师，一位是胃肠病专家。鼓手乔恩，在中学做图书

---

1 卡迪什（*Tattered Kaddish*），艾德里安娜·里奇（Adrienne Rich）版权所有（1991 年）。摘自《诗选》（1950—2012），艾德里安娜·里奇，2016 年。此处使用获诺顿公司授权。

管理员。贾瑞特是主唱兼吉他手，递给了安娜一张他制作的 CD。

"嘿，公主。"他说道。

他们都叫安娜公主。

乐队的成员都不坐，或者不能坐。他们都靠墙站着，手都插在工装裤的口袋里，好像怕手如果放在外面会打碎什么东西似的。海伦问他们喝什么，每个人都礼貌地弓了弓身子："不了，谢谢。"

当安娜受邀与康妮、蕾拉第一次去看乐队演出时的那个晚上，他们就叫她公主了。当时，蕾拉听说有个舞会很有品位，那儿的乐队演奏《谢尔本瀑布农庄》。

"你们真的很棒。"在第一次休息时，安娜对鼓手和主唱说道，"但是你们乐队还是应该加入一些女性元素。"

"我觉得参加乐队会收获女粉丝的。"鼓手开玩笑道，"我猜，你是歌手吧？"

还没等安娜否认，想解释说自己不是那个意思，康妮就插了进来："你想想看，邦尼·瑞特遇上菲比·斯诺会是什么情况。"

"她音色很棒喔。"蕾拉补充道。

无论安娜如何推脱——比如她不唱歌，或者她虽然唱歌，但也只是和女性朋友唱和声——那个乐队的小伙子都说："好啊，那就和我们一起展示魅力吧。"

最后，安娜还是上钩了。"我可以在很多方面帮你们，但展示魅力就算了。"

第一次上台时，她紧张得都不知道自己能不能找着调儿了，哪里敢想展示魅力的事儿。然后，吉他手贾瑞特轻轻地对她说："好啦，公主，给我们秀秀你的嗓子吧。"她吼道："等着看吧。"音乐响了起来，当安娜凑近话筒时，她忘记了自己只是当地的数学老师，只是孩子们的妈妈。她忘记了害怕。

"爵士乐怎么样？"安娜把目光投向了旁边那位长着睡眼的小伙子，他好像是刚刚从《绿野仙踪》里面走出来。

"我们的风格不完全是爵士乐啊。"

他们还真是不会说谎。两周前在科雷恩有场婚礼。他们受邀去演奏了"死之华乐队"的所有作品。

"你不知道那个晚上是怎么过来的。"

"特雷莎怎么样？她那部分表现怎样？"

"她可比不上你，公主。这一点很肯定。"

"哎，那你们可就太走运了，小子们。"安娜说，"乐队里有两个过气的歌手，想想看吧。"

小伙子们笑了。他们的安娜就是这样，刀子嘴，有男子的豪气，不要任何人的垂怜。这是她唯一的原则。她不止一次戴着蓝色的假发，穿着黑色的短裙，唱着《糖木兰》[1]，

---

1 《糖木兰》(*Sugar Magnolia*)，美国"感恩而死"乐队演唱的歌曲。

展示着她甜美的歌喉。她把"芦柴棒"点燃了。

"说点儿权威的话，公主，特雷莎总是这么说的。"贾瑞特说。

"唉，你这个坏小子，别逗我了。"安娜说，"我没什么权威的话。她要你们好好努力，我就随意啦。"

小伙子们都大笑不止。为了这个，她后来付出了巨大的努力。但是，和他们在一起，安娜觉得不能让他们失望。和他们相处，她尽量让他们轻松。她和他们调情，有时像个大姐姐，有时他们稍为过分的话，她会喝止，告诉他们自己结婚了。即便是在那些和鲁本分开的日子里，安娜也从不曾犹疑过。我喜欢男人，她不止一次地告诉乐队："但是，什么都战胜不了我对鲁本的爱。"

"你得休息一会了。"贾瑞特最后说道。他的样子看上去好像自己也想睡上一觉。"我们还会来的。"

"不，"安娜说，"现在就说再见吧。"她的语气透着欢快。

他们都向她俯下身，很笨拙的样子。她那么虚弱，好像吻一下都会碎掉，但男孩子们还是一个接一个地吻了安娜，说："再见，公主。"

一堂课

海伦想，这就是安娜想要做的。她将教会手足无措的我们如何面对死亡。

4

山岗

海伦和鲁本爬上了房子后面的小山。路很泥泞，到处都是冰茬儿。他们踏碎了斜阳。微弱的光透过树木静静地洒在路上，紫色的影子就像是一个个跳跃的音符。

"我浪费了太多的时间去和狗培养感情。"鲁本把羊毛帽子拉到了耳朵上面。他的卷发从帽檐下钻了出来。

"它属于安娜。永远都是。"

"可总来这里给它找吃的人是我。"

到达山顶后，他们停了下来，环顾四周邻居的田地，还是耀眼的白。冰雪融化的地方，有些高人的灌木已经开始发芽。他们静静地站了很长时间。风吹着野草，但却听不到风的声音。天空低暗，好像又要下雪了。

"让她吃药。"海伦说道。

"为什么？"鲁本向东边指了指，"是宙斯吗？"

"她会听你的话。"

"我现在要做的就是听她的话。好了，海伦，这些年不是你一直告诉我要听话的吗？"

"不是现在。"

"你还是不明白，海伦。"

"什么？"

鲁本吹了三声尖锐的口哨。声音在空旷的田野上回响。他揽住了海伦，她的身体靠着他。

"你不明白，一切都没有可能了。你打电话的时候她是强撑着的，放弃治疗是她的选择。"

她从他的臂弯下挣脱出来。"她在你面前也是强打精神啊。"

他们俩转过身，朝着房子亮着的灯光往回走。

到了门廊的台阶前，鲁本停下脚，告诉海伦，还有件事没说——安娜的愿望。

海伦说："不。"

"你不想主持她的追思会。真的吗，海伦？"

他没有时间说太多。追思会是他那不得不做的、该死的议程之一。

"你才是最合适的人。她知道。我知道。你也知道。"

海伦抓住了扶手，又把手缩了回去，从手掌上拔下了一根木刺。

"我不找到她那该死的狗就不进屋。"

鲁本开始上台阶。

"廊柱都烂了,鲁本。这个地方要塌了。你真该干点活了。"

鲁本没有停步,没有转过身看海伦一眼,进屋之前,他吼道:"别在那儿大惊小怪的,要干你自己干。"

海伦站在那里,聆听着自己呼吸的声音。她要喘不过气来了。这个地方要塌了。她刚才是在用婴儿的口吻和鲁本说话。不不不,她有一种想要变得更糟的冲动。想说出那些不能说的话。"你以为你了解她,鲁本。你以为你知道她的一切。问问她那个夏天都发生了什么。怀孕的是她,不是我。"

"嘿,宙斯。"她需要那只小茶杯贵宾犬,她要把它放到安娜的腿上,她需要它赶走那些疯狂的新来者和他们的神灵。然后她要对安娜说:"你不能因为房子四周的经幡,也不能因为那些所谓的祈祷,就放弃自己的今生。"

她快速穿过和鲁本一起走过的松林,穿过邻居家的空地。她像风一样刮过了田野。她感觉自己的身体里有股狂热的激流,感觉自己有了超凡的力量。她的脸上有凉凉的、湿湿的东西在滚动。

不止一次,海伦的母亲生病时,她都会强迫海伦答应在自己的葬礼上致辞。

"不要甜言蜜语。"她的母亲警告说,"多愁善感根本就不属于我。"

葬礼那天,海伦刻意选了衣服。那一年她 22 岁。她知道那是母亲希望看到的。她要漂漂亮亮的，虽然她一夜无眠，但也不能露出丝毫痕迹。她穿上了从母亲的衣柜里找到的一件海军蓝的丝质礼服，用母亲浴室抽屉里的化妆品化了妆，认真地画了眼线。她虽然不想承认，但她又不得不承认，母亲是对的，她知道她一定会力求完美。

站在台上，她看到她的朋友们坐在最后一排。她们好像被吓坏了的样子。安娜努力地冲她微笑，给她鼓劲儿。但是安娜没有靠前。后来，海伦告诉安娜，在去墓地的路上，一位老先生如何探过身子和她耳语道："虽然现在我不该说这种话，但是，我从没有见过如你今天表现的人。与众不同。"

"他说的对。是这样。"安娜还是没能摆脱惊恐的表情。好像海伦已经变成了另外一个人。海伦喜欢安娜被打动的样子。她的母亲一直希望她的闺蜜们羡慕她生了这么个镇定的女儿。其实，她在站起身之前还非常害怕。可是，当她在前面一站定，感觉一切都消失了——她的悲伤，甚至她的母亲。

现在，她们都到了她母亲去世时的年纪，每一年，海伦都意识到，她的母亲走得多么早。

雪越下越大，混沌了地平线。田野和空气都白茫茫一片。她如何在画中展现这一望无际的平坦，这广袤无垠的封闭？通往凡尔赛路上那宁静的雪，那毕加索式的笔触。特纳笔下的暴风雪，那狂野躁动的旋流。海伦的老朋友阿瑟·科恩笔下白雪覆盖的纽约街道上拔地而起的熨斗型大厦。莫奈笔下那栖息在篱桩上的喜鹊，那阳光照耀下的新雪。所有的这些画作中，都有些什么——鸟儿、行走的女人、马、车、船、城市的建筑——这一切，都可以为雪的世界标刻出界限。但这里，只有田野和天空，暗夜和白雪。她的身后是一排排的树，树的后面是闪烁着温暖灯光的房子。如何在画中展现房子的灯光呢？海伦知道，她会做安娜让她做的任何事。

厨房的窗

"你在搞破坏啊。"卡洛琳能够听见丹尼在说什么。"你在搞破坏。"他又把刚说过的话重复了一遍。

"我听不见你在说什么。"卡洛琳仰躺在阿第伦达克椅上。这不是真话。有一些静态变量。她听见自己的声音在重复着。头上的树枝像是冰冷的网格。木头上的潮气穿透了她的牛仔裤，让她直打寒战。灰蒙蒙的天足以让她伤感。她聆听着自己呼吸的声音。她们什么都不想说。她不想站起身，也不想进屋。她能看到他。她知道他一边和她说着话，一边透过厨房的窗，看松鼠在树上跑来跑去。他用一条腿站着，用另一只脚搓着小腿，这是他特有的瑜伽动作。

卡洛琳只是想听到他说："我可以搞定。"她喜欢他们生活中这种笃定的状态。以前，她曾为了后悔没有能够实现的事情浪费了太多的时间。曾经，一遇到可怕的打击，她就会把自己封闭起来，放弃争取的机会。她曾躲进父母的家里，感觉心都要碎了，而且觉得自己就要重蹈姐姐的覆辙。直到她遇见了丹尼。对于这种质朴的郊区生活，她心存感激。有了孩子之后，她的生活开始有歌声回荡。孩子大了以后，她又回到学校深造。现在，她正在考虑攻读心理咨询方面的硕士学位。丹尼说，通过照顾埃利斯，卡洛琳对医疗体制的一切都了如指掌——无论是情感准备还是实际操作——事实上，她自己都可以开心理诊所了。

"你还在那里吗？"丹尼问道，"我是不是已经把你丢了？"他的声音就好像是洒在回家路上的面包屑，引领着你一直朝家的方向走去。

"在，我一直都在，"卡洛琳说，"给我讲点开心的事儿。"

当真

有人喊："海丽，海丽！"海伦转过身，以为是摆脱了一切喧嚣，来和她一起享受雪后宁静的安娜。

是蕾拉。她穿着宽大的厚皮靴，踩着破碎的冰碴儿，费力地穿过田野向她走来。然后她抓紧了海伦的胳膊。海伦透过厚厚的皮衣，感觉到了她的颤抖。

海伦努力在脑子里搜索着关于蕾拉的一切。她和康妮是安娜在谷里的密友。"我的哼哈二将。"安娜这样称呼她们。最近她和海伦说了什么关于蕾拉的事？新的生意？珠宝生意？海伦不确定，所以也不好意思问。

"我在找宙斯。"海伦一侧的面孔被蕾拉的泪水捂热,另一边还是雪粒打在脸上那让人刺骨的寒冷。每一粒雪都让人刺痛一次。

"哎呀,天啊。它一直待在屋里。它总是藏在她的衣柜里。"

总是。海伦忽然感到很纠结,有些妒忌蕾拉对安娜日常生活琐琐碎碎的了解。她看着蕾拉用夹克衫的袖子擦了擦自己的脸。

"知道吗,她总是夸你。"蕾拉平静后说道,"说你就是她的明星。"她脸上涕泗横流,还混着雪水。"我们都知道你的每一次画展,每一次成功。"

"我需要帮助,蕾拉。"安娜需要请求多少次啊?

雪粒儿割着她们的脸。她们两个都没有动。

"安娜掉头发的第一天我来了。"蕾拉说,"那是个美丽的春天。开始是梳子上有脱发,后来手上也有。到处都有。一团一团美丽的头发,在草地上打着卷儿。"

这件事,海伦也知道。

安娜从来就没说过蕾拉那天也在。

但是,现在,蕾拉却知道得更多。"黑色的头发散在草地上,感觉好残忍啊。她脸上的表情,还有地上的那些头发。但是,最残忍的还是声音,安娜的声音——怎么说呢,我不知道该怎么描述,海丽,不真实。"

海丽。蕾拉又这样叫海伦了,可这是安娜专属的叫法啊。

海伦清楚地记得安娜打电话给她，说头发的事儿。海伦当时在工作室。在赶两幅要在美术馆展出的画。她一直在作画，戴着耳机和安娜说话。安娜说去田野，一个人待会儿。海伦记得安娜的坚持。"我一个人去屋后的田野。我得一个人待着。"安娜说。

蕾拉挽起了海伦的胳膊。她们的尼龙夹克湿呱呱的，相互摩擦。

"我不想逼她，海伦。每年都会犯病，真的是件可怕的事情，我没办法说服她改变想法。你会看到的。她已经比我们考虑得周详多了。"

雪片打着海伦的脸。她的脸颊像是被一口口地咬着，痛。

"但是我真的需要你，海丽。安娜总是说你就是她的定海神针。你能为我做一次吗？"

通向林带的斜坡路面很滑。海伦感觉自己摇摇欲坠。运动鞋的底子好像根本就没有什么摩擦力。蕾拉在山路的一侧凿了些台阶。一只胳膊伸过来帮助海伦保持着平衡。

"你仍然认为我很强，可以依靠吗？"海伦步履蹒跚，胸脯靠着蕾拉。"也许你应该重新考虑一下。"

幽暗的窗

"你们这些美国丫头。目无尊长。"安娜模仿着茗父亲的语气。茗以讲述她们那次失败的行动开始，然后说服安娜接着讲下边的故事。每个人都听得聚精会神。安娜看得出，她讲的时候朋友们有多开心。

即便是和这些朋友在一起——其他人远没有她的朋友多，甚至连想都不敢想——她还是感到很寂寞。她现在的感觉就是这样，寂寞的感觉一直都在。当然，和鲁本在一起时，难道就不寂寞了吗？她尽可能不让她的孩子们看出她的寂寞，即使他们能感觉到。比如，双胞胎就爬到她的腿上，用他们的小手捧着她的脸。她逗着他们，把不开心藏在心底。得到孩子这样多的爱，可她还是会有种缺失的感觉。这让她感到羞愧。她摆脱不掉，也许不想摆脱。她努力抓住它。这个心结常常让她觉得，这才是她最最真实的部分。在那些秘密的时时刻刻，她蜷缩在熟悉的毯子下面。

也许，一直以来，那些寂寞的感受就是帮助她做好分离的准备。所以，她不惧怕离开。她已经害怕了这么多年。现在的她，无所畏惧。

海伦打开了游廊的门，蕾拉跟在她的身后。她们俩迅速地进了屋，海伦随手紧紧地关上了门。她们俩都被冻坏了。冰雪敲击着窗户。

"我很搞怪吧。"安娜尽量让自己的声音听起来充满活力。"我藏在茗的房间。但是你们被我的床骗了吧。"

她的两个最亲密的朋友在一起。这太好了。和蕾拉在一起，海伦就不会那么失落了。

海伦的嘴唇紧紧地抿着。"看着我，海伦。"安娜张开了自己的胳膊，就像蜻蜓张开了翅膀。红色的丝绸上绣着动物图案。她舞动着自己的胳膊，模仿飞起来诱惑她的翠绿色蜻蜓。她的声调渐渐高了起来，生动而兴奋，突然低沉下来，用茗父亲提出要求时那种吓人的语调。当安娜扮演茗的父亲，用中国式严厉的腔调命令茗跪下时，茗配合着她。

海伦紧紧抓着门把手，好像马上就要逃出去。

安娜想：看着我，海伦。海伦是在惩罚我。又一次，海伦的寂寞袭来。那阴影一直都在，直到它的存在已经成为习惯。直到海伦表面看来越来越明朗。海伦一直是个好相处的朋友，好姑娘。她生性乐观。但海伦也有自己的心理阴影，安娜一直很不能理解。那种情绪会出现在她的画作里。那一年海伦很消沉——沉迷于男人和毒品，然后恢复。安娜不能确定，这样的海伦到底还是不是她的好海伦。

最后海伦笑了，她的朋友发怒了。过来，安娜想，不是因为她需要海伦靠近。不是因为她有什么事情要告诉海伦。不是因为她想要安慰海伦，让她好好接受现实。而是因为，安娜需要确定，她还有这个能力。

新的距离

海伦倚在门上，听着安娜卷着舌头，讲着她们高中时那次傻气的嗑药故事，还扮演着各种角色。

蕾拉碰了碰海伦的后背。"你能相信这是她吗?"随后也溜进了房间,充当忠实的听众。

这就是安娜,生动而明快,一屋子的朋友都在欣赏她的连珠妙语。她想,这是安娜最喜欢的,做核心人物。海伦应该心存感激。

但她看到的却是,他们在耗尽安娜的精力。

也许更糟,更自私。也许海伦不能忍受,因为茗和莫莉的守候,安娜又恢复了活力,她却与此无关。她不在,却发生了这么多事。当安娜大把大把地掉头发时,是蕾拉陪着她。无论她海伦对安娜而言是什么样的明星,在安娜需要的时候,她不在。安娜对她说了谎。安娜到底在保护谁? 现在问,太迟了。

出人意料,这次病危制造了一个新的距离。海伦感觉到,她们之间有些疏远。但她还是想挤进去,宣示她应有的位置。

电话

语音信箱满了。人人都提了建议。这是一种他们了解其他家庭的途径。他们希望有个计划。

鲁本总是这样,把孩子的消息挑出来。哈珀说要离开一阵子。安迪今早在路上差点儿撞上一头鹿。朱利安冲鲁本大吼大叫,并挂断了电话,然后又打回来:"对不起,爸爸。"待在家里,他们不能忍受;不待在家里,他们也不能忍受。

鲁本听着。

说话前，他会做三次深呼吸，也许是四次。

艺术史（二）

海伦沿着卧室的楼梯拾级而上，然后站在铺着地毯的楼梯平台上。墙上挂着她送给安娜和鲁本的结婚礼物。她感觉，自己不是站在一幅油画前，而是站在一个承诺前。这幅画简直就是涂鸦——深红、猩红、赭色。往好了说，这就是情绪的宣泄，是个装饰画。根本无法引起共鸣，更不是承诺。

那是二十五年前，甚至还更早些，暮春的一天，她把安娜和鲁本带到她的工作室，她那时感觉——她或者已经注定失败，或者一定成功。那时，安娜已在谈婚论嫁，而且已在商讨买房子，可她还在竭尽全力争取那少得可怜的油画奖学金名额。很可能海伦还得和换来换去的室友住在冬天用脏塑料板盖住窗子，五月份再全部揭去的，到处闹老鼠的民房里。但是在安娜面前，海伦还是有优越感。安娜，那个她最爱异想天开的朋友，现在已经选择了最明确、最安全、最稳定的生活。安娜可能会变成城里那些庸庸碌碌的妇女中的一个，老公、孩子，还有一份无关紧要的工作。而海伦，那个一直谨小慎微的女孩儿，将要牺牲一切创造一种与众不同的人生。

那天在工作室，安娜一针见血地说道："海伦，你想多了。多了十万八千里。算啦。就送我一幅画，然后告诉我你为我高兴就好啦。"

当然，安娜一直很疯，总是比海伦激烈。无论是参加访谈节目，还是在工作室接待参观者时，海伦都无一例外地被问到一个问题。年轻的女性画家会问她，她是如何费尽心力调整自己的生活，成为艺术家的。她会强迫自己说，她做得很不够。她会给她们讲自己失败的婚姻。"我曾经很自私，啊，是的，也许艺术家都很自私。"她解释说，"但是孩子们很遭罪。"那位年轻的画家笑了，耸耸肩。"天，谁还在意婚姻啊？"在她们看来，为了艺术而自私，是自命不凡的表现。她们太年轻了，还无法理解家庭破碎带来的无尽痛苦和羞辱。

　　张力——什么是正常的生活？什么是单身生活？什么是幸福？——很多年来，这些已经成为海伦画作的主题。你如何衡量牺牲或是感情？每天，都会有让人或惊或喜的事情发生，应该如何在作品中展现呢？

　　站在楼梯平台上，听着安娜朋友们的谈话，海伦感到，之前自己创作没有人物的风景画似乎是一件不可能的事。那曾是她全部的兴趣所在。异想天开就在那里，在楼下，在茗把又一碗温热的汤放在朋友的手里时，在卡洛琳和安娜一起唱琼妮·米切尔的《河流》的和声时，在安娜的那些拼车、互通有无、互相帮忙带孩子的当地朋友们中。每一次安娜发病，这些女人都在那里，协调各种事宜，衣不解带地陪伴，以至于安娜如果想小睡一会儿，都需要先把她们哄走。

　　"我当然为你感到高兴了。"多年前的那一天，海伦对安娜说道。她的确高兴。她那时年轻，还不善于在短时间内平衡各种矛盾复杂的情绪。现在就能轻松应对了吗？现在海伦就要结婚了。这种充满希望的渴望，对于中年人来说，是不是一种可笑的奢望呢？的确是平常人的生活，而她的安妮就要死了。从现在开始，是不是每一件事都会有一个可怕的标签——在安娜死后？这就是所谓"新距离"的一部分。这是一种她从来就不知道的感觉，现在将要在她已然拥挤的画布上占据一席之地。如果说她的作品中有什么有分量的东西，有什么原创性的东西，那一定是拥挤的前景中最让人讶异的部分——那种复杂的情感，那种欣喜和寂寞，那种日常选择中的无可选择。

烦躁

临终医院的护士在记录要点。安娜没有问护士到底在螺线型笔记本上都写了些什么。

临终医院的护士身材娇小、温和善良，轻手轻脚的。"我们尽量让你的身体放松。你的睡眠时间会越来越长的。"

安娜的睡眠很好。嗜睡是她的另一个短板。鲁本总是起床一两个小时后，她才从床上爬起来，那会儿鲁本已经把自己该做的那份活做完了。这让她发疯。每天早上她都忙忙乱乱的。洗脸、刷牙、准备午餐、拉夹克衫的拉链、给家校联系本留言。她吻孩子，吻鲁本。做早餐时，听孩子讲昨晚的梦，讲自己焦虑的事情。她害怕讲话。在那些不需要在数学中心上课或者没有辅导课的日子里，她需要努力控制想躲进小黑屋子里的冲动。一次，有位志愿者拉开医院的窗帘，对她说："你好像有些沮丧啊。"安娜没有睁眼，举起手，弹了弹他的私处。

"你疼吗？"护士问道。

"不疼，但烦躁。"

"那正常。"护士说。

还有其他问题。安娜无法用合适的语言表达。护士重复道："正常。"

无论她说什么，护士都说："正常。"

让安娜感觉不那么正常的是，一个年轻、漂亮的护士要面对垂死的病人，闻着这些药水的气味，看着她青紫色的皮肤。这该是一份让老年女人干的工作。

艺术史（三）

《聚会》将是第一幅油画。画中人都是女人，全部来自安娜的世界。

不过没有经幡。

而且，所以，然后。海伦准备给下一幅油画取名，是描绘安娜一个人在病床上的油画。海伦想起了弗洛伊德关于对他的母亲的研究，以及莫奈是如何评价关于自己妻子卡米尔的那幅油画的："有一天，我发现自己正看着爱妻死后的脸，寻找死亡带来的色彩，观察颜色的分布和层次变化，我已经主动迎接色彩的冲撞了。"

也许，狗狗陪着在病床上的安娜。

海伦把这幅画叫做《安娜和宙斯》。医院病床的铁围栏、白色的床单，宣示着它们的在场和缺场。

安娜的愧事

1. 她没有真正读过报纸。别说每天读报了，一个月都不曾读过两次。

2. 她不能坚持参加选举。从技术上说，她只参加过两次。她对政治毫无兴趣。贪婪和权力，为什么要花工夫知道那些呢？

3. 她认为民主党比共和党好。

4. 她一直不理解选举团是怎么回事。

5. 她一直以来对金钱不是很感兴趣。她希望经济稳定，但她懒得打理投资或存款的事。401K 退休计划到底是怎么回事？她会让鲁本打理这些，还有日常开销——电费、电话费、油费、信用卡——都由他来签账单。

6. 她说谎了。对鲁本。那个夏天，那个没能出生的孩子。

7. 她在打折店里买鞋子。她从不买瓶装水。但是她在古玩店里看到了水晶枝型吊灯，二话不说，花 1500 美元买回家。

8. 她喜欢有魅力的人。更甚的是，如果她和长得不漂亮的人交了朋友，她会不好意思和那位朋友一起出门。而且，她也有点小自负，好像那是上天的馈赠。

9. 如果按文化人的标准衡量，她读的书还不够多。有些年，她根本就不读书。她对高深莫测的叙事毫无兴趣。她喜欢主人公很平凡的故事。

10. 她用等级衡量日常状况。谁的孩子更聪明？谁的孩子社交能力更强？谁是运动员、艺术家？

11. 她不想发财，可也不希望自己是朋友中最穷的一个。

12. 她不回电话。有时她会撒谎说没有听到留言，有时她连听都不听就把留言删除了。

13. 她根本就没有方向感。

书记员

"需要书记员吗？就是帮你记录事情啊、愿望啊什么的。甚至，还可以写信。"护士一边收拾器具一边说道。

护士把血压计、体温计放在她的包里，看上去不大。

书记员，这也太古老了吧！安娜仿佛看见已经卷了边儿的羊皮纸，长胡子，还有鹅毛笔。

她觉得自己该准备遗言了。她还在想，在打腹稿。

亲爱的孩子们。

最亲爱的鲁本。

不。她希望他们知道的，她相信他们已经知道了。但是，她还有想要说的话。

5

旧衣

　　安娜的电动智能摇篮给了卡洛琳，然后是海伦，在安娜生第二个孩子时又还给了安娜。婴儿车已经小了，轮了一圈后，一个轮子已经掉了下来。婴儿床也在各个家庭之间旅行，还有海伦给茗的第一个孩子织的背心，其他的大部分孩子都穿过。连体衣、束带睡袍、雪地衫、冬靴、拉拉裤、吊带裤、T恤、运动裤、针织套衫——所有的衣物都被分好类、洗干净、装箱、邮寄，然后再分类、浆洗、装箱、邮寄。有些纯棉的衣服都洗得像丝一样薄，直到彻底穿破了，才被依依不舍地抛弃。镶着蕾丝花边的衣服是女孩子们的最爱，她们知道海军蓝的天鹅绒运动衫最先来自哪里，但是却出现在很多学校的集会上。甚至就在今年，卡洛琳还寄来了她最小的儿子在布拉格照的一张集体照，穿的就是海伦儿子的粗毛呢短大衣。海伦回信道：你儿子比我儿子穿着更好看。

下一代

看看都有谁。里科、莉莉、朱利安、哈珀、安迪、露辛达、瑞思迪、泰萨、莎娜、路易斯、麦琪，还有伊莱。谁能把这些名字记得清清楚楚？谁不会叫着一个孩子的名字，脑子里可能想到的是另一个孩子。有时甚至是狗的名字。当他们聚在一起时，疯跑着，小的追逐着大的满屋子乱跑，一切东西都处于危险之中——喊上一声"你们这些小坏蛋，都到后院玩去！"这难道还不够幸福吗？

1994 年，捐献

"出事了。"是莫莉，声音异常紧张。

安娜听见赛瑞纳好像也在。好像在笑，也好像没有。

"是蒂姆。"莫莉低声说道，"出大事了，安娜。"

"你慢点儿说。"安娜示意鲁本拿起他那边床头柜上的分机。

"嘿，莫莉。"鲁本说，"你好啊？"

"好什么啊？蒂姆精神有点儿不正常啊。他就在楼下，在我家。"

最开始蒂姆也是安娜和鲁本大学伙伴中的一分子，不过自从那年夏天一群人凑钱在温尼佩绍基湖找房子时，莫莉和蒂姆走得很近。所以有一次蒂姆来拜访安娜和鲁本时，安娜很自然就说起了赛瑞纳和莫莉想找一个熟悉的捐精者。鲁本举着他手里的烤肉钳说，她们简直就是浪费时间，因为很显然，到精子库去找不就可以了。整个吃饭期间，蒂姆都在强调，从基因的角度说，找个认识的捐赠者是很关键的。所以，一个星期以后，当他站出来说自己可以帮忙时，大家一点都不觉得奇怪。这也讲得通，并不仅仅是因为蒂姆曾坚决地强调自己没有兴趣要孩子。他一点都没有改变，还是和大一时一样坚决。"那也讲得通。"莫莉在第一次与蒂姆面对面见面之前，和赛瑞纳这样解释道，"因为据我们了解，他对性没有兴趣，对动物、蔬菜或是矿物质也都没兴趣。"

鲁本还是坚持赛瑞纳和莫莉应该去精子库的观点，但是安娜坚持认为他就是一个地道的悲观主义者，不能一竿子打死一船人，有些人是可以做出一些无私举动的。

看起来很完美。至少从基因的角度，蒂姆是位计算机天才，而且人也长得特别帅气。他是跨种族婚姻的后代，喜欢说自己是边缘人。他的兄弟姐妹的孩子也都聪明可爱。蒂姆坚定、有责任心。不打算和别人一起当父母。和之前不同，蒂姆并不操心孩子长得像他会是什么感觉。他甚至从来没有提过要一起度假或者要一个特殊叔叔的身份。

"你知道，一切都安排好了。他像所有的好学生一样，带着全部的健康证明来的。"赛瑞纳很显然对于这场女同性恋展现的喜剧的一面非常享受。

突然——赛瑞纳和莫莉，挤在电话边上，口径一致——在这深夜，面对着最后的代办事项清单，进行着烛光庆祝晚餐——完成健康和基因检测，第二天早上计划去签署法律文书——她们说，蒂姆有点奇怪。

"毫无来由地，我们在一起吃草莓蛋挞，他突然宣布他要全权负责孩子的灵魂成长。"

"蒂姆？他什么时候走灵魂路线了？"

"就是啊。电脑先生蒂姆、逻辑先生蒂姆会两个多月都忘记祈祷，他现在皈依宗教了，变成了灵魂先生蒂姆呢？"莫莉说道。

"很明显，他没有从精神导师那里得到什么庇护。"赛瑞纳插话道，"感觉他是个人的宗教——是佛教、门诺教、天主教、苏菲派和土著宗教信仰的蹩脚融合。"

"他现在在哪儿？"

"楼下。"莫莉的声音又低了下来，"我们争论了有一会儿了。然后我们说，到此为止啦。"

"是啊，我们就是那样说的。在我们坚持说无论是精神还是其他方面他都无需负责任时，他拿出来一个手工缝制的小山羊皮口袋，上帝才知道里面装了什么。'这是我的医药袋，'他挥了挥，用超级严肃的口气说，'婴儿来自宇宙的力量'，然后宣布，就在我们的起居室，他想给我们展示他祝福自己宝贵种子的计划。"

"哇，他跳出来啦?"鲁本的开心表现得非常明显。

"别说了，太粗俗。"安娜坐到了鲁本的腿上。他把一只手从她 T 恤的 V 字领口伸了进去，握住了她的乳房，嘟囔说:"我硬了。"

安娜翻了翻眼睛，他又坚决地点点头。"特别硬。"

"哦，是，亲，我计划停止。我早上开车送他去火车站。"赛瑞纳说，"我妈妈坚持婴儿要信基督教，而莫莉的妈妈给我们寄来小册子引用教皇约翰·保罗的观点反对割礼，我们非常确定不想再有什么捐赠者给我们什么宗教上的心理影响。"

"如果他今晚不搞什么仪式上的宗教受精的话，就这样定了。"莫莉尽量让自己的语气轻松些，但是她们大家都知道，她其实是个恐怖电影的爱好者。

"女士们，我并不是要用'我告诉你说'这样的口气与你们说话，可是，你们现在可以承诺以后要找匿名的捐赠者了吗?"

"这不关你的事，鲁本。"安娜把舌头伸出来舔了舔他。然后，摆出了慵懒的姿势，用舌头舔了舔上嘴唇。

她们都知道，鲁本多么希望帮她们做正确的选择。而且安娜知道，鲁本多么希望马上放下电话，开始他们的二人游戏。

1995年，药

孩子的展览由年纪最大的男孩——茗的儿子里科和安娜的儿子朱利安领头，他们拖着一桶从浴室柜子里收集到的用了一半的洗漱用品。

"这很重要，"茗的儿子里科宣称，"可不仅仅是游戏。"里科一直都是孩子王。"善良的独裁者。"母亲们这样称他。他宣布，孩子们想要——不，他们需要——用炉甘石洗剂，来制造一种针对虫子的抗菌消炎止痛膏。他们现在已经有了蓝色的泡泡浴液和洗发香波。大一点的孩子在陈述他们的产品时，小一点的孩子都自豪地点着头。"我们需要特别的药。"里科说着，拧开了一个婴儿爽身粉的盒盖儿，一大团滑石粉噗的一声喷了出来。

孩子们在四处寻找。厨房里的每一样东西看着都非常有必要，对他们的科学研究尤其关键。冰箱里有没有什么东西可以用？奶酪？芥末？桌子上那一大罐儿橄榄油？

妈妈们坐在圆桌周围，吃着奶酪和饼干，喝着葡萄酒，这是下午的酬劳。她们在谈论——还能有什么！——那些脸上满是热切和期待表情的乱作一团的孩子们的生活。

"芥末可以，橄榄油不行。"妈妈们努力做出一致的严肃的表情。

"而且不能尝你们做的药啊。"妈妈们在看着各自的孩子们时，海伦说道。

"绝对不能尝。"卡洛琳警告她的女儿，她女儿正从架子上拽下一箱麦片。"记住啊，大的要负责小的。"

"为我们的爱因斯坦们干杯！"当孩子们像一群小狗一样聚集在门厅时，海伦举起酒杯说道。

"或者说为奇爱组合。"安娜说，她们碰了一下杯子。她们无法说清楚自己有多么幸运，一起战胜困难。要不然，她们该如何面对这一切？她们不必假装自己知道在干什么。在灾难到来的时候——她们谁会好像没事一样睡个踏实觉呢？

在大厅另一边，孩子们嚷道："再倒点儿，再倒点儿！"

然后，莉莉和瑞思迪又来到了厨房。

"我们需要两个鸡蛋。"莉莉宣布道，脸上使劲露出微笑的表情。这些孩子还真是有心眼儿啊，派这两个可爱的小家伙来。妈妈们无法拒绝莉莉深色的眼睛、浓密的卷发、坚定的蹒跚。勇敢的莉莉即使每天要服用两次卡马西平，癫痫还是会突然发作。即便如此，她还总是努力做大孩子们游戏时的核心人物。

当然，大孩子还派了瑞思迪做莉莉的护花使者——这个完美的选择充分证明，虽然他们要做疯狂的科学家，但还是非常睿智的。

"要鸡蛋做什么？"安娜摆出一副严谨的科学态度，问道，"为什么要两个呢？"

"我们要用鸡蛋做黏合剂。我们想看。"——瑞思迪不仅仅是海伦最小的孩子——因为这些孩子都是她们的计划，她们的伟大实验，是五个闺蜜少女时代共同的梦想，是那么多夜晚对基因还是教育哪个更加重要的辩论的结果——这个保护莉莉的男孩，这个大孩子的跟班儿——嘟着嘴，控制着自己不要哭出来。

"很重要。"他郑重宣布。

"好吧。"安娜认真地点点头，"你的陈述非常出色。事实上，我会给你三个鸡蛋。条件是，你一个人敲开第三个鸡蛋。"

安娜总是能鼓励孩子们。她相信孩子们会自己成长。"给他们时间。"当其他妈妈们担心孩子不按时睡觉，不能摆脱奶瓶，或是后来哪位老师说孩子们没有按时完成读书任务，或是课堂表现不佳，安娜总是这样说。当海伦为朱利安和安迪的过分安静发愁而安娜还这样说时，海伦指责安娜虚伪，安娜举起双手说道："如果我以后变卦，那就毙了我啊。"

安娜和瑞思迪耳语了一阵儿，然后递给了他两个鸡蛋。他庄重地点头："我发誓。"

然后她蹲下身子把第三个鸡蛋放到了莉莉的手里，帮助她弯起僵硬的手指握住了它。

"她说了什么?"在回到大孩子们身边的路上，莉莉靠近了瑞思迪问道。

"对呀，你说了什么？"海伦自豪地看着自己儿子的背影问道。

"不说，那是我和你儿子的秘密。"安娜说，"对吧，瑞思迪？"

"什么？"莉莉笑了，"我也要个秘密。"

"我不能说。"瑞思迪淘气地回头看了看安娜，"但我发誓，她的话对我们俩都有好处。"

那些年

毯子、悬带、散步、照顾、午睡、醒来、饥饱。一切都围着孩子转。把一切都搞乱的孩子、大惊小怪的孩子、总是叨叨咕咕的孩子、到处乱跑的孩子、无故大哭的孩子、把牛奶打翻的孩子、突然发怒的孩子、安静的孩子、狂躁的孩子、任性的孩子、容易受惊吓的孩子——一旦入睡，每一个都是天使。

1997年，莉莉

莉莉在做脑部手术之前在医院住了两个月，脑袋被固定在一个塑料头套里，仪器植入了她的脑子，记录癫痫发作的位置和状况。茗和塞巴斯蒂安几个星期以来轮流在医院陪护。塞巴斯蒂安把餐馆转给了他的同事。茗在休息室处理业务。"平静中的风暴和闪电。"年轻的医生说。癫痫发作的数据就像是闪电掠过平静的湖面。右半脑的脑电波图，那电脑打印的锯齿状的线有好几英里那么长。"真的太吓人了，莉莉的注意力持续时间真的是太短了，根本就不敢奢望她还会有幽默感或是魅力了。"

茗似乎看见了一个宽阔而幽暗的大湖，哭了起来。大湖上时常会波涛汹涌，她没有力量划船过去拯救她的女儿。

"我们可以做这个手术。"医生说道，然后又解释了用于治疗癫痫的大脑半球切除术可能会让莉莉有希望摆脱癫痫发作。"儿童的大脑尤其具有可塑性，我们希望左脑脑叶的功能可以和右脑相互融合。"

茗把医生说的话都记录下来。每一次和医生谈话她都会做记录，她必须这么做。大脑半球切除术治疗癫痫，胼胝体，光是这些术语就吓坏她了。现在她用另一只手紧紧地抓着塞巴斯蒂安。也许她的女儿应该待在那里，在医院能够得到良好的照顾，和她淡紫色和蓝绿色的小马宝莉玩着生日派对的游戏。

塞巴斯蒂安抓着妻子的手，但是眼睛却紧紧盯着那个男人，那个要用他的手切开自己女儿大脑的男人。

1997 年，光明

"去看电影吧。"医生说道，"我会和莉莉在一起待 12 个小时，也许更长。"

塞巴斯蒂安举起手，好像是要把这个建议推回去。他的小女儿恢复之前，他哪里都不会去。

医生耸耸肩，"我也是当父亲的。"

"咱们都听医生的吧。"安娜抓起了茗的手，拉着她站起身。"我们离开这儿吧。"

塞巴斯蒂安开始感谢安娜来医院陪他们，但她脸上闪过"别傻了"的表情。一切都计划好了。她会陪他们直到手术结束。海伦一直电话联系着，如果莉莉有什么意外，她会马上赶到。

但是，一旦走出了医院，她们感觉自己好像是迷失了。天太亮了，也太安详了。还有这个城市这古怪的一角，好像除了医院也没什么地方可去，离停车场两个街区的地方都是那么的陌生。中央公园好远好远，隔着好几个街区。没有商店可逛。茗坚持不要离医院太远。

"我吃不下东西。"茗说。

"我们走走吧。"安娜说，但是当信号灯变绿的时候，她们好像又无法挪动脚步了。

最后，她们还是在几个街区逛了逛，向左转了个弯。当她们看到一家叫"莉莉"的美甲沙龙时，她们觉得一切好像都是上天的安排。

"奇怪吧?"茗说道，"其实，好像让我感觉好了些呢。"

"莉莉喜欢鲜艳的颜色。她醒过来时，你应该让她看到你鲜艳的指甲。"

"新媳妇""麦迪逊大姐""和服"，她们看着一个又一个指甲油的名称。茗最后决定用一种叫"光明的未来"的红色。安娜选择了叫"你好，坚持！"的粉色。

"哎，这两个名字真有意义啊。"茗笑了，两个女人在沙龙里就一直笑个不停，好像是一直在分享着什么笑话。

一个女人在洗脚盆里灌满了热水。"你们要去参加派对吗？颜色很适合呢。"

安娜说："没错，大派对。持续一辈子的派对。"

"那你们需要额外加一些清洗和按摩吗？"

"我们要加额外的一切项目。"安娜说，"我们有的是时间。"

茗按了椅子旁边的按钮，椅子的靠背抬了起来。她的身体随着椅子靠背的移动而蜷了起来。她向后靠着，闭上了眼睛。

安娜笑了，"怎么感觉你很痛苦啊。"

"怎么感觉是世界上最不舒服的事儿啊。不过我希望一会儿会好点儿。"

她们看着指甲修饰师用剪刀剪，用锉锉，修理表皮，用轻石磨光她们的脚底板儿。然后是搓洗、去角质。那两个女人在她们的脚趾的上面和下面都放上了棉纸，然后打开了指甲油的瓶子。

"你喜欢这个颜色？"那个女人涂好了茗的大脚趾后再次确认道。

"她喜欢。"安娜说道。

茗感激地看了看安娜。

"莉莉在移除她的半脑，我却在修理脚趾。这就是故事的两个部分。怎么会这么奇怪？"

"只是故事的一小部分。"安娜说道。

2003 年，情人

"别再结婚了，找个情人吧。"茗用她那种指路者的口吻命令道。她往火里又加了一根木头。"结婚就意味着生孩子。你已经尝试过了。所以往前走吧。"

茗、卡洛琳、安娜，还有海伦待在茗家起居室的壁炉前。整个周末都有雨光顾，天总是不放晴。丈夫们带着不知疲倦的孩子们打保龄球去了，除了海伦的丈夫——分居一年已经不再能称丈夫了。甚至茗这位圈子里最传统的人都觉得海伦要是想当艺术家，那婚姻就无法再维持下去。

"难道你们这些有创造力的人还没有被婚姻折磨得焦头烂额吗？还是别再往坑里跳了。"茗说道。

喝了一杯葡萄酒后，她们开始纷纷给海伦出主意。她们坚持，海伦将会成绩斐然。会有更多的画展、更多的美术馆、更多的博物馆，展出她的画作。海伦会越来越出名，会有越来越多的情人。在海伦未来的日子里，一切的前面都会加上"更多"一词的。

"一切都要谨慎些。"卡洛琳说着，摆出了那副她最具魅力的性感的慵懒猫造型。卡洛琳对海伦说，露辛达和瑞思迪在她前夫那里时，她就可以去会情人了。她们已经不称呼保罗，而是称呼前夫了，这好像有点快啊。

"私下会面好，不定期会面更好。"

"但是你可什么情况都得向我们汇报啊。"

"不过我们可对那些负能量的情绪不感兴趣啊。别和我们唱什么可怜可怜我的调调儿。那都是你没摆脱婚姻时应该想的。"茗对海伦马上要到来的单身生活好像很是兴奋。

"总得有人替我们大家好好享受生活中更多的快乐啊。"安娜说，"咱们想想，海伦上一次好好享受生活都是什么时候的事儿了。"

"那个法国情人。你画展开幕前一天，在什么大街遇到的那个。"卡洛琳说道。

"我倒是觉得有游艇的希腊情人更好。"

"等等，茗。有希腊情人的那个是你吧?"海伦问道，"那个人类学家不是希腊人吗?"

"茗是个浪漫的周游世界者，"安娜说道，"是埃里克西，她疯狂的希腊情人，还有比利时人莫里斯。当然，别忘了她

150

是在厄瓜多尔的餐厅里捡来的塞巴斯蒂安。"

茗又倒了半杯酒。"好了，女士们，我现在是住在博克郡郊区低矮平房的一位律师啊。这就是为什么我需要海伦替我们大伙疯狂一下啊。"

2006 年，暗

没有人问起更好。海伦感觉这对每个人都好。就让茗认为这是远方城市的浪漫生活吧。就让她们祈求幸福的插曲吧。有男人，真疯狂。他们刚好是合适的人选，但是却不浪漫。也许一开始还好，然后很快就黯淡了。谁能够帮助海伦去说清楚那些迷失的日子，那些刺激的夜晚？男人们带来的那些华而不实的东西。很快，男人不再重要了。对她最亲爱的朋友们来说，最美好的不外乎想象着她热切地跪在旅馆的桌子上，用舌头把打开的卷纸上的褶皱舔平的场景，还有她用舌头把最后一点苦可可面包屑舔干净的场景。在那些城市，太阳照样升起。那一切都是如何发生的？然后就真的发生了。在每一次画展之前，她都发誓要只谈艺术。但是还是要举办之后的派对，还是会有人抓着她的胳膊说："如果你想让那些大腕儿记住你的名字，你就得和他们一起参加派对。"评论界在赞誉她的时候都用她的名字——海伦。海伦就像是一个全新的名字，就像是对主题深刻画技高超的具象绘画的回归，也像是对画展之后的一切的总结。她喜欢以名字出现在公众的视野中，就好像她已经成了大腕儿。毕加索、马蒂斯、巴斯奎特、海伦。她懒得追问为什么不用姓氏称呼她。"你一定要来啊，海伦。"有人拉住了她的手。然后就是在房间、屋顶，总是有某个男人在说着那些初听是赞美的话。后来，就是那些斑驳的黎明清晨的光线，还有在那些她不知名的城市里的沉沦。总是和男人有关。有一次，有个男人把她留在壁橱里。还有一个男人把准备带回家送给妻子的项链套在了她的脚踝上。

安娜最后找到了她，但并不是海伦告诉她的地址。"怎么回事？"安娜说，"你在干嘛？你什么时候去保罗那里接孩子啊？"

海伦说谎了，至少最初说谎了。然后她就不再接安娜的电话了。安娜就锲而不舍地催她。然后，到了最后，海伦打了回去。安娜直截了当，毫无废话。

"你在哪儿呢，海丽？"

海伦环顾了四周，看了看大屏幕电视，密闭的橙色窗帘。柏林，也许是慕尼黑。

"我在一个豪华饭店。"她说，好像这就可以回答安娜焦急的疑问似的。然后她变得有些恶毒。"你还以为我是你啊，安娜，喝得醉醺醺的，还需要你到另一个高中的派对去捞我？"

"饭店的电话旁边有便签吗？上面有地址，海丽。"

"我又不是白痴。"

"你是。你周围的人都是些白痴。你的孩子们都急疯了。他们给我打电话。现在我得把你弄回家。"

海伦试图还击。"趾高气扬觉得有趣吗？你少管我，安娜，过你的完美生活吧，做你的完美妈妈吧。"

她冲着电话里吼道："我不像你那么完美!"她叫了又叫。什么话都说了。毒品，男人，被画廊送到米兰的医院，还故意过量服药。

"听见了?"海伦的声音平缓了下来，"我不像你那么完美。"

她做了——称安娜的生活是完美的，这就是她做出的该死的判断。她到底需要怎么做才是正确的？不是安娜要离开她，安娜应该离开她。她也利用了安娜——对着安娜哭，告诉她自己心酸的故事。或者在某些男人的臂弯里抽泣。她活该会失去安娜。她其实已经失去了露辛达和瑞思迪。他们和爸爸在一起。"这样轻松些。"孩子们说，开始是责怪她的日程安排。她辩解时，瑞思迪嚷道："妈妈，你为什么会有这么多的事情？我只是需要一个普通的妈妈，处理我日常的事情!"而后，露辛达就不再和她说话了。

她失去了一切。但她是画家。画界用名字称呼她——海伦。她和大腕们在一起。

"我不是你想的那样。"

"你也不是你想的那样。"安娜对着话筒那边沉默的海伦说道。

2007年，正午

"这幅画怎么样?"在海伦和安娜与一起趁会后时间闲逛的朋友们道别后，海伦问道。安娜开车过来了，坚持要和她一起参加正午的会。

"开这么久的车，你那皮包骨头的屁股磨坏了吧?"海伦摸着大衣兜里残存的九十天以前的薯片说。

"如果你是在十八岁以前这么喝酒、吸烟那可就有得说了。海丽。那么多年你都是好姑娘，这一点就足够了。"

安娜把胳膊插进了海伦的臂弯。她拉着她离开了哈德逊大街，在布利克大街的一个挂着漂亮 T 恤的橱窗前停了下来。她们要每人买一件，再送给对方。这是老传统。

安娜很悠闲，然后问起了海伦的孩子们。

"露辛达还是不和我说话。但是允许我去参加了她的最后一场排球赛。而瑞思迪是，我一离开房间他就紧张。"

"都会好的。"

海伦吻了吻安娜的面颊。"你今天开车回家之前，要把这话和我说一千遍啊。"

2006年，庆祝

请柬上写道:欢迎参加我们的婚礼，下面有一行小字十八年前无法想象的事。莫莉开玩笑说，她们也许还应该

154

写上，我们那会儿一定负担不起的派对。**客栈很时尚，带**着低调而古朴的优雅。所有的一切——透气的房间、修剪好的草坪、铺着石板路的花园——都给人一种低调但舒适的感觉。

卡洛琳和丹尼最先到，坐在摇椅上等候其他人——海伦一个人来的，然后是茗和塞巴斯蒂安，他们去接了安娜——他们聚在客栈前面的门廊上，的确震慑了其他的摇滚青年。

"这是非常棒的芭蕾舞曲。"卡洛琳看着草坪上最后一个帐篷搭好后，说道。

"离开孩子们，你还真是很兴奋啊。"丹尼说道。对卡洛琳来说，这一整天的一切都很完美——路途不远，云霞满天，还有海边蚌蛤小屋里的龙虾卷儿。

"你应该听听她评论罗勒属植物口味蛋黄酱的诗。"

"对不起，如果这个我都不觉得完美，那我就不知道完美究竟是什么了。"

大家一致同意，一件完美的事就是不带孩子的周末。当然，除了泰萨和莎娜外，因为她们俩要负责服务工作，大家就一致同意不强求她们参加聚会。一开始，茗炫耀她的法律知识，生孩子是公民的基本责任。见证莫莉和赛瑞纳的婚礼，这是形成中的美国历史。但是她马上就被大家驳斥了。高中体育比赛，毕业舞会，准备大学考试，这一切都太复杂了。更不要说海伦还有不和她说话的孩子。

坐在廊上，喝着血红玛莉，茗承认说："好吧，不带孩子的确非常有趣。"

帐篷那边，莫莉和赛瑞纳在和一位抱着一大捧紫红芍药的女人深入交谈着。她们穿着褴褛的 T 恤衫和宽松运动裤，她们看着更像是两个要去远足的女人，而不是五小时之后将和她们的女儿们盛装出席婚礼的女人。还有一个没有说出来的完美，当然大家都保证，不让这个完美抢走赛瑞纳和莫莉的风头，那就是安娜来了。她就在廊上，参与交谈。她已经从她们预言的绝症中逃生。

"非常完美"已经成为那个下午的代码，因为婚礼前到瀑布的远足，因为莫莉和赛瑞纳的平纹褶皱丝织品衣物，因为她们让波士顿爱尔兰天主教和新奥尔良黑人浸礼宗的结合——尽管这是大多数亲属都不情愿的结合。

这个"非常完美"还包括那个惊喜——晚餐、祝酒、起舞之后，莫莉为赛瑞纳快速地做了顿饭，她引领着大家到帐篷后的大房子里。巨大的石壁炉里火光耀眼。文斯·维尔尼奇——那个真正的前任，那位"感恩而死"乐队的最后一位键盘手——在另一个角落里，他和他的马路乐队在演奏着《大路上》。

"我不确定这种音乐大家都跳什么舞，但是，还是加入我们吧！"莫莉拉着她的新娘赛瑞纳，她十八年的伙伴步入青石铺地的舞池时喊道。

156

赛瑞纳承认自己是死脑筋。她喜欢那首曲子，她也喜欢自己这个经历过整形手术的黑人女同性恋母亲的形象。她喜欢自夸说，自己是当时唯一一个从来自南方的穿着印度印花布裙的女孩向"糖木兰"成功转型的案例。现在，赛瑞纳半快乐半怀疑地摇着头，手臂缠着莫莉。泰萨和莎娜凑了过来，两个女人让她们的女儿钻进了自己的怀抱。

"我和莫莉说起过维尔尼奇！"当朋友们围着松散的大圈儿跳舞时，安娜喊道，"当我听说他出去参加巡演，比如街头演出，我就知道他会对婚礼感兴趣。"安娜看起来似乎和赛瑞纳一样兴奋。

小军鼓急速地敲了起来，乐队奏起了史提夫·汪达[1]的《迷信》。人群的热情很快被点燃了，似乎比"感恩而死"乐队的曲子还快。

"那是谁?"卡洛琳指了指在角落里独自晃来晃去的女孩。她看起来只有十八岁，很有魅力。即使她的金发凌乱地散在脸上，也掩饰不住这个女孩的美丽。

"她和维尔尼奇一起来的。"莫莉用手拍了拍自己的脸。

"他女儿?"

"我希望自己可以回答是。我正在努力不去想她。"

---

1 史提夫·汪达（Stevie Wender），美国黑人歌手、作曲家、音乐制作人、社会活动家。

"靠，那不对啊。"丹尼看起来有些生气，好像就要动手了。他们都有女儿了。"那太伤人了。"他说。

卡洛琳把手放到了丹尼的后背上，提醒他这是赛瑞纳和莫莉的夜晚。她们应该享受不受打扰的快乐的夜晚。

过了一会，文斯·维尔尼奇滑过舞池。"安娜呢?"——好像他整晚都在找她的样子。

"安娜，"当莫莉举起安娜的手臂时，他很正式地邀请道:"可以请你加入我们吗?"

不需要任何人说服，安娜就走出人群，穿着蛋糕裙和牛仔靴的她跳上了舞台。乐队奏起了前奏，安娜耸了耸肩，向莫莉和赛瑞纳抛了个飞吻。然后她抬手拿起了话筒，开始和着文斯用手敲击着《恶魔的朋友》的节拍。

"我很怕她会拒绝。"其他人都明白莫莉的意思，因为安娜戴着难看至极、留着厚厚的呆板齐刘海的假发。

自从发病开始，安娜就没有再和自己的乐队一起演出，但是她一上台，就好像从没有缺席过，没曾住过好几个月的院。她可以控制自己，把一切深埋心中。当乐队继续演奏《宝贝我需要你的爱》的副歌时，她用手指掌握着节拍。

莫莉和文斯安排了这一切。但是，很明显，无论莫莉都和他说过什么，安娜还是一个意外。歌曲在继续。

然后吉他手把他的另一把吉普森吉他递给了安娜，要和她合奏罗威尔·乔治的《意志》[1]。她闭上了眼睛。她轻轻地扣弦，和谐地融入。安娜深深地吸了一口气。我曾让雨水淋透，曾让风雪驱赶，我醉酒而且肮脏，你知道吗，可我依然……渴望。乐队和着她，她缓缓地唱着。她深深地沉浸在这哀歌中，融化在歌词表达的希冀里。她摇头的时候，假发就像一个厚厚的头盔，一动不动。她在加入与文斯合唱之前，让屋子里充满了静默的味道。

　　唱完这首歌，安娜走向了文斯。她在他的键盘旁边蹲了下来，开始和他交谈。就好像她正在辩论着什么，她的手做着激烈的手势。她环视了整个屋子，然后又看着他。然后指了指随随便便地倚着墙站着的那个女孩儿。他听着，使劲点着头。然后文斯抓起了安娜的双手，紧紧地抱在胸前，就好像是在紧握着麦克风。

　　"哇，自然的力量，这个小女人。我想从没有人能够打乱她生活的节奏。安娜还点了两首歌。第一首来自最棒的、唯一的萝拉·尼罗。献给爱它的所有人。"

　　他的双手轻轻地抚着键盘，安娜飘到了她的话筒前。乐队都停下来，坐在那里，聆听文斯和安娜一起唱《会有奇迹

---

1 《意志》（*Willin*），洛厄尔·乔治（Lowell George）创作。Naked Snake Music 版权所有（1994 年）。再版已获伊丽莎白·乔治（Elizabeth George）授权。

发生》，而后他们又很自然地切换到唱约翰·普林的《蒙哥马利的天使》[1]。为了活下去所付出的一切心酸和努力都从安娜的喉咙里流淌出来。

茗和塞巴斯蒂安在跳舞，塞巴斯蒂安可以毫不费力地把这首歌的乡村音乐嵌入他的南美节奏里。卡洛琳在摇摆着身体哭泣，丹尼从后面环住她，跟着文斯和安娜的歌声哼唱，给我力量，让我坚持下去。相信生活，这只是一天艰辛的路。她没有使用麦克风的声音和文斯与安娜的声音交织在了一处。

海伦走到了赛瑞纳和莫莉的身后，抱住了她们。"妈的。"她耳语道。

莫莉抬起了满是泪痕的脸，挨向了海伦，她们湿湿的面颊触碰在了一起。"她真是知道如何扰乱大家的心。"

父亲们

三个星期以后，文斯·维尔尼奇自杀了。割喉自杀，充满了暴力和血腥。

"我知道和我没关系。"莫莉紧张地开着玩笑，"可是，看到我们的结婚相册，我会有一种奇怪的感应。"

---

1 《蒙哥马利的天使》 （*Angel from Montgomery*），约翰·普林（John Prine）作词作曲。Walden Music 公司和 Sour Grapes Music 版权所有（1971 年）。此处使用获艾尔弗雷德音乐授权。

"这正说明那天晚上他的杀伤力有多大。"安娜说。

"有时人们真的会很迷茫。"海伦说。

但是她们都承认，那个女孩，她们会一直记得。她绸缎般的金发。她起舞时柳枝一样柔软的年轻的身体。在那天晚上最后的时候，茗发现她蜷缩在大屋子角落里的一堆垫子上，然后丹尼和塞巴斯蒂安陪着她围着帐篷走了一圈又一圈，直到宾客散尽，客栈服务员开始整理桌椅。

6

黑冰

外面很吵，冰敲击着大窗子，夹杂着树木断裂发出的声音。有什么大的东西砸到了屋顶。本来计划在外面庆祝，现在看起来泡汤了。外面一片狼藉。黑冰让州际旅行已经变成了不可能。

虽然莫莉早就宣布，她需要改变计划，要开车回家，因为泰萨需要人照顾，但遭到了大家的反对。

"你不能走。"茗一锤定音，"你这时候开车会没命的。肯定是大的灾难。现在都不能走。要走，想都别想。"

不管怎么说，屋子里还是温暖舒适的。点着油灯，炉子里燃着木柴。鲁本回家之前抱来了大量的柴火。

"我们可以喝一杯。"卡洛琳用卷舌发着音，给莫莉倒了一杯卡本内红酒，给海伦配了一杯德国塞尔脱兹矿泉水加青柠的饮料。"或者说，至少我们当中还有几个人能喝酒。"

修复

"我的眼皮都松了。"海伦捏着自己眼睛上面的皮肤。"和我讲讲,为什么我们排斥动刀啊。"

最后,女人们穿着宽大的 T 恤,带着舒适的微汗挤到了浴室的镜子前面。她们一致同意,鱼尾纹这个词让眼睛周围的灾难似乎变得可爱起来了。

"这个有再生、修复的作用。"茗拿出了一瓶可以促进细胞生长的面霜,说道。

"试试这个。"卡洛琳拿出了一瓶眼霜,在眼睫毛四周打着圈儿。"这个效果比其他的都好,就是价钱贵了点儿。"

"我的皱纹已经根深蒂固了,不过为了阳光,值了。"莫莉用两根手指挖出了些面霜。

莫莉向卡洛琳借了牙刷,就像从前一样。从前的时光,两个女孩儿,甚至三个女孩儿都挤到一张床上,母亲会在门口惊讶地问道:"那张床上到底能装几个人啊?"女孩们就是枕着游戏用的装豆布袋都可以做着美梦。过去的日子,睡眠是件那么容易的事。

今晚,海伦要和安娜睡。剩下几个人到其他的卧室里睡去了。茗和卡洛琳还带来了自己的枕头。每个人都有睡眠问题,要吃美拉酮宁,或是吃什么其他的药物,但有一点可以确定的是,每个人到半夜还是睡不着,不得不靠读书催眠。

她们都承认自己会打鼾。清晨的来临越来越早了。

男人

然后，来了个男人。

女人们呆了，不过看到她们都蜷在垫子上时，他也很吃惊。"我想我得往后站站。"他有些结巴。他浑身湿漉漉的，水滴在了暗色的松木地板上。

"安娜。"他轻轻叫道。

"她休息了，贾瑞特。"茗打断了他。

哦，贾瑞特。其他人都松了口气。原来是贾瑞特，乐队里的吉他手。

"我想和安娜单独待会儿。"

"她今天不见人。"茗坚定地说道。

"这就是我回来的原因。为她演奏，一些有助她睡眠的曲子。"他很坚决。但也很无助。胡子湿漉漉的，羊毛夹克也水淋淋的，他的工装靴四周汪了一摊水。他就像是出轨的利斧巨人保罗·班扬[1]。不，像是一只湿透了的胆小的狮子。

"今晚我们陪着她，贾瑞特。"莫莉插话道，"明天再来

---

1 保罗·班扬（Paul Bunyan），美国神话中的人物，传说中的巨人樵夫，力大无穷，伐木快如割草。

吧，贾瑞特。"她的语气虽然温和，但透着坚定——她压低的声音，她重复他的名字贾瑞特的方式，都透着一种强大的气场。

"也许就一首歌吧。"贾瑞特的样子好像是要哭出来了。事实上，他看样子已经哭过一阵儿了。

她们知道，安娜会请他进来的。在扶手椅上给他高大而又水淋淋的身体腾了些空间。给他倒了一杯酒。让他磕磕巴巴地说了自己的感受。弹吉他。是表示她们必须做吗？

莫莉从沙发里站了起来，走向了贾瑞特。

"明天。"她伸手拍了拍他的肩。她碰到他的一刹那，他抖了一下。这个高大、壮实的男人，好像在她的触碰下，身体裂成了两半，发出一种受伤后的哀鸣。哭声像驴叫？像滚石？像落入陷阱的野兽？这是一种女人们从来没有听见过的声音。

莫莉把贾瑞特引出了门，苔检查了安娜身体的各项指标，卡洛琳给大家倒了酒或是青柠水之后，女人们静了下来。但这个静，并不意味着好。不是忙碌了一天——聊天、接待、挡驾——后那种放松的静，也一定不是那种一天过后独处时的静，而是种危机到来之前的静。她们都无法从心里抹去贾瑞特浑身水淋淋的样子，无法忘怀他发自内心的悲鸣，无法赶走他跌跌撞撞的身影。四个女人沉默了。对于每一个人，独处就好像是艘沉船。然后，她们整理了自己的心情，开始安慰彼此。

卡洛琳举起了酒杯。"你简直就是国民英雄啊，把那个穿夹克衫的弄出了门。"

莫莉贪婪地喝了一口卡本内酒。

大家匆匆赞同。

夸奖莫莉。

夸奖茗，她还能记得贾瑞特的名字。

彼此夸奖，夸赞她们强大的心脏，在他突然出现时没有尖叫出来。"他简直就像是荒野中的大脚。"海伦说。

夸赞又能在同一间屋子里听到彼此的声音。

"他肯定是爱上安娜了。"

"整个乐队都是安娜迷。"

"安娜难道就真的没和谁来点儿浪漫情事？"

"那个贝思迪到底是怎么回事？"

"没有人看见卡洛琳是怎么让隔壁那个少妇发狂的吗？"

"发狂，是吗？"

"绝对。"

"不能让人再来唱歌了。"

"还有，我们还要谈谈经幡的事儿。"

"她们那样做合法吗？"

"也许在达兰萨拉不行。"

饥饿

"嘿。"

就是那样,安娜。醒来,自己起床,靠着卫生间的门框。冲水,散乱的发辫,松松地挂在脸前。

"有吃的吗?"她很美。也许是因为水肿,但不管怎样,今晚,她好像没有一丝皱纹。

"看看?"海伦推了推茗。忘记了鲁本在冰箱上留的条子。"她还很有食欲。"

重新热了热茄子羹。三文鱼、奶酪和饼干。可能她会问,冰箱里塞的都是些什么。

忽然,她们都觉得饿了。

茗点燃了蜡烛。

"和我说说泰萨。"安娜不要人搀扶,一个人走向长长的餐桌时说道。"还有冰淇淋吗?"她问道,然后——就是那样——面前摆上了五盒。

"麻烦比野草都多。泰萨的事情很麻烦,都吓着我了。"莫莉在安娜身边坐下,厨房的那一头,一派大宴即将开始的景象。很高兴有机会和她单独待会儿。莫莉试图在其他人进来之前把一切都说出来。"我感到事情有些严重。"

"亲爱的,放宽心。想想咱们年轻的时候。你想想咱们那时多么荒唐,就不那么紧张了。"安娜说着,舀了一大勺巧克力冰淇淋。

"你的提醒很有用。孩子的事情真是难。"

"你是不会当家长啊。"卡洛琳坐了下来，把两块饼干上涂了些奶酪。其他人点头的时候，莫莉感到自己的后背好像被电流激了一下。

"是啊。我没有很好的规划。"一半的家丑也不想外扬。

"我们能有这样一个夜晚，我真的很开心。"安娜用勺舀着奶油冰淇淋桶靠外边发软的部分。

她们都忍不住看着她吃东西。

"我本来计划不再吃东西了。"她说，"可是我醒来，感觉特别想吃冰淇淋。管它呢，明天爱怎样就怎样吧。"

卡洛琳笑了。"你这坏蛋。"

"说中了。我简直就不可救药呢，嘉丽。"

"你想要怎样?"海伦用手抚了抚安娜的脸，"做临终医院的喜剧女皇琼·里弗斯?"

安娜用胳膊肘捅了捅海伦。"行了，海丽，别再像以前一样当乖乖女破坏气氛了。和我一起寻点儿开心吧。"

"我也希望这样。"海伦抚摸着安娜的手，然后放了下来。"你真觉得一切都这么简单吗?"海伦平和地问道。已经不再像白天一样气愤了。

"这是世界上最怪的事情了。这么多年，我一直拒绝把自己和疾病联系在一起。我那么坚持，不顾一切地坚持。现在我明白，我其实拥有最甜蜜的生活、孩子、家庭，还有你们。"

"你准备好了吗？"莫莉问道。

"这不是准备不准备好的事。谁会准备好放弃一切甜蜜的生活呢？只是，我不再待在这个世界上了。"

"可是你说，你今晚很开心，和我们在一起。"海伦说。她们终于可以在一起好好谈谈了，这让她松了一口气。不谈孩子，只谈这个问题。

"我不知道怎么解释。对不起。"

"苦涩的甜蜜。"茗舔着勺子。她甚至没有理会脸上的泪水。

"只有甜蜜。"安娜说，又舀了一勺香草冰淇淋。

光明的一面

她再也不需要用牙线清洁牙齿了。

也不用刮腿上的汗毛了。

艺术史（四）

海伦一直都最喜欢修道院墙上绘制的那幅《最后的晚餐》，圣玛丽亚感恩教堂墙上达·芬奇绘制的那十二门徒。每一个门徒听到耶稣的话，露出的各种表情。她喜爱那幅画定格的一瞬间，那对人生戏剧精髓的把握。海伦的《晚餐》

是五个中年女人，深夜围坐在桌旁——冰淇淋、青柠水、葡萄酒——和几十年来一样，聊着天。画的背景，海伦将不像达·芬奇一样把背后窗外的景色处理成田园牧歌式的风景，她要画成风暴、狂风和冰雪。危险都在屋外。屋子里温暖的灯光下，女人们聚在一起，吃着、聊着。历史的层次感，秘密，曾经的伤害和亲密，都渗透在餐桌上、在平盘间、在酒杯里。女人们交谈得很热烈，相互打趣，从一个故事讲到另一个，就好像不再有明天。

盛开

"和我说说莉莉，茗。"安娜主动问道，但她更多的时候想聆听。她们依然坐在木头桌前。她不能想象，自己还能不能站起来。她闭上了眼睛。莉莉上大学了，谁能想象到？她想她点头了。这是荣誉。啊，莉莉。每一天都如她的名字——莲花般盛放。"难道这还不够吗。"安娜听见茗说道。茗描述着塞巴斯蒂安如何改装了斯巴鲁汽车，莉莉第一次就通过了驾照考试。"学校还有个男孩子。莉莉希望我告诉你，安娜。"后来安娜仿佛和莉莉驾车驶上了一条狭窄的小路。那是夏天，莉莉开着车，说："他疯狂地追我。"路边郁郁葱葱的坡上开满了橙色的花。她们在寻找池塘。池塘被冰封住了，"我们去游泳。"她对莉莉说。

茗在附近某处喊道："拿毯子！快！坏了坏了！安娜抖

得厉害!"

温度

　　这是安娜第一次发抖。她像一片叶子,像叶子一样瘦、脆。安娜想说话,可是嘴巴不听使唤。她的牙齿嘚嘚地响着,好像要碎掉一样。

　　"她烧起来了。"莫莉像抱孩子一样抱起了安娜,抱到了卧室。

　　"冻死了。"终于吐出了几个字。安娜看了看莫莉。她抖得非常厉害,好像脸上的皮肤都在颤抖。好像要掉下来似的。是因为冰淇淋吗?她们难道不该想到冰淇淋对安娜来说很危险吗?她们凑了上来。但是,当她们用毯子裹住她时,她却踢开了毯子。她的身体力大无穷,这是她们一整天都没有看到的。她们不想竖起床栏,担心她会撞痛。

　　"不是癫痫。"茗安慰道。至少和莉莉的症状不一样。

　　她们围住了床。手放到安娜的身上,安抚她的身体。鲁本曾说,如果有紧急情况就给他打电话。到底这算不算紧急情况?女人们交换着眼神。真有情况发生,怎么办?如果真是,那就是死亡。发生在她们的眼皮底下。

　　泰诺?发烧的话吃一片泰诺犯不犯忌讳?医院有规定吗?

　　"我给约翰打电话。"海伦有康妮的号码。

"别。"是安娜。她的声音飘忽而遥远。但的确是她的声音。"别打。一会儿就过去了。"

"我们能做点什么，亲爱的？"

"说说暖和的地方。"

朋友家留宿

"安娜，"茗说，"记得风帆冲浪吗？"

海伦从后方抱住安娜，卡洛琳滑到了前面。安娜的腿碰着她时海伦就会推推她。

茗立起了床栏，这样她们有三个人可以待在床上。安娜夹在海伦和卡洛琳中间。她们怕挤到她。她的牙齿还在嘚嘚地响。

"给她们讲讲。"安娜的声音从她们俩的身体中间飘了出来。

其实那个故事她们都知道，也是在医院发生的事情。由于中性粒细胞减少引起发热或是因为药物过敏，安娜会在半夜醒来，大家就给她讲有一次茗、塞巴斯蒂安、安娜、鲁本带着孩子们在西班牙海滩度假时发生的事儿。故事在安娜治疗期间被讲了一遍又一遍。她们都记得茗的版本、鲁本的版本，甚至孩子们的版本。当然，还有海伦因为被排除在外的生气的版本，因为旅行安排的时间刚好她参加不了。卡洛琳，她也没有参加那次旅行。当安娜因为药物产生幻觉时，也给护士讲了一个版本，并坚持说卡洛琳一家也参与了那次旅行。她们都讲述了沿着海岸线的狂奔、陡峭的悬崖，还有每个孩子都晕车——多米诺骨牌式的呕吐。她们都讲述了塞巴斯蒂安和鲁本是多么白痴地决定沿着海岸线一直开到塞尔维亚，因为塞巴斯蒂安的表妹住那儿。后来茗和安娜愤怒了，他们才在塔里法停了下来，然后发现那里是西班牙的冲浪圣地。不仅仅是冲浪，还有可以裸体冲浪的地方。是的，三天以后，所有人，包括一直以保守著称的茗，都尝试了一番。那里有"蔚蓝"餐厅，塞巴斯蒂安和英俊的大厨罗伯托一起做了海鲜饭和烤羊肉，晚饭后，安娜还和罗伯托及他的乐队合唱了《加州旅馆》。

"安娜，记得大厅里那些漂亮的蓝色瓷砖吗？"茗说道。茗叠着早些时候洗好的衣服。她一直在让安娜回忆：开满橙色花朵的棚架，茉莉花的香气，愤怒的塞巴斯蒂安的表妹，因为他们临时改变计划没去塞尔维亚拜访她，还有带着一身沙子的快乐的孩子们。

茗描述了孩子们拖回来的那捆歪歪斜斜的浮木，还有炉灶里散发出来的香草味儿。最后一天晚上，安娜还和大厨罗伯托唱了弗拉门戈。

"他对你是那么着迷，安娜。"茗探过了身子，把手放在了安娜的额头上。

"还有什么新鲜的？"莫莉说，"你看见今晚的乐队了吗？

他们都那么爱你，安娜。"

"安娜，记得我说过，如果你动摇了，鲁本也会原谅你。他必须原谅，安娜。那个弗拉门戈多性感啊，那个罗伯托多帅啊。"

"不挤吧，安娜？"

"我们再说说塔里法吧。"茗说，"好么，安娜？"

每说一句话都要唤一声安娜的名字。

11:11

床边的表针指向了11:11。一切都很均衡，向上的数字，单一又成对，成双成对的时间。那种运气，每天有两次。11:11。每一次急诊，每一次发作，海伦都期望安娜能活下来。海伦也期望自己节制，期望得到孩子们的原谅和理解，期望她的画作取得成功。她期望自己是她爱的男人，和"他"一起过幸福的生活。她的期望太多了吗？还有什么？11:11。安娜（Anna）的名字是回文。阿萨（Asa）的名字也是回文。海伦把自己的脸颊贴在安娜的后背上，在她衣服的纤维上滑动，直到她的脸颊蹭疼了安娜的肋骨。颤抖停止了。安娜的呼吸沉静了下来。

炉子上的钟敲到了11:12，但是安娜的床上的钟还是那个时间。

安娜已经不像安娜了。

安静

现在她安静了，她身体的动作慢了下来。她的思想也静了下来。她的梦也静了下来。她的呼吸像啜泣，根本不是呼吸。甚至她的屁都静了下来。这让安娜很高兴。

抄写员

看看！她甚至不用等待抄写。

最亲爱的。安娜这样称呼那个未出世的孩子。这是个女孩儿。最亲爱的这一称呼可以告诉后来的男孩和女孩。

其他人都在屋子里。但是她只是和那个没出世的孩子说话。她在写一封信。她在给最亲爱的写一本厚厚的书。

最亲爱的比其他人更加亲近。

看，她们一起站在大门口，是安娜和那个美丽的、温柔的、秘密的、她的第一个孩子之前的孩子。

2013 年 4 月

1

泥泞的季节

他们回来时拎着皱巴巴的纸袋，在后门的门前使劲地跺脚，但靴子底上还是沾满了泥，工作鞋跟上的泥水总是会在屋里留下脏印子。泥泞的季节不能总是待在外面。其实即便进了屋，也还是会带来外面的气息。她们穿着旧的棉袜在屋里走来走去，问："安娜需要什么吗？"她们坐在床前，或者上床躺在安娜旁边，嗅着小镇的气息——店铺和人行道——汽油味和薰衣草洗涤液味。她们浑身都是饭味——姜味儿、蒜味儿，还有炸东西的油味儿。好多年前，食物对安娜来说就意味着假期。那些她已经记不清名字的地方。或者说，她记得的只是躲开大众的视线，只是咖啡店里白色的杯子把，还有前一年夏天买过一件衣服的那家商店里金属衣架碰撞的声音。她得把那件衣服送人，把柜子里所有的衣服都送人。她想象着自己的衣服在城里游荡，在十字路口等绿灯，在

ATM 机前排队。她还熟悉这所房子里的各种声音，水池旁边柜子门的吱呀声，梳妆台抽屉卡住的声音，还有通向孩子们卧室的楼梯的咯吱声。孩子们都回来了，填满了曾空空的卧室，有时会走进来躺在她身边。"妈妈，我和你说说话?""说吧。"她能说话时一定会出声，或者在他们问她还要不要听时，她会不住地点头。他们就滔滔不绝下去。他们看了带字幕的电影，这些电影在某些国家是不允许播放的。"待会再见，妈妈。"他们有时这样说，然后不久就回来了。"你想象不到我遇到了什么。"他们说。她就努力想象着他们与什么样的人不期而遇了，但通常不得其解。人来人往。护士说："你感觉好吗?"他们从园子里摘了鲜花。"花园已经在这儿了。"他们说，这样即使她闭着眼睛也能感受到黄水仙和郁金香的存在。"好美的春天。"他们说，"我们带你出去看看。"百合马上就要开了，他们保证："你的最爱。"

她摇了摇头。

百合不是你的最爱?

不。四月，外面。安娜用摇头摇走了步入五月的可能性。

抄写员

她希望自己口才更好些。安娜想说的很简单。听着像是口号。对一切充满勇气。看花朵的美丽。听风的声音。数字里有安慰。吹着响亮而清晰的口哨，用拇指撑开并弄光滑青草叶边缘的锋利，然后吹气。傻傻的。美美的。勤刷牙。充满爱。勇气消失时，一定要重新找回来。

康妮和约翰

"最后还是要听她的。按她的意愿。不要管医院的规矩。"约翰放下了床沿的栏杆，坐在了床边。

现在在安娜的屋子里约翰就仅仅是约翰，甚至两天前他成功地建议只是保留起搏器而关闭了心脏除颤器时，他也不是医生，只是约翰。

"不是因为她仅仅是书上说的病人。"

"你在说什么？"康妮尖声问道，她把毛衣针磕得叮叮响。

"你说她什么？"康妮很焦躁。前两个晚上她都待在安娜家。"你在指责她做错事了吗？"安娜一晚上都不安稳，腿动来动去，噩梦不断。出现突然的幻觉和抽搐。

早上，约翰在去办公室之前，用暖壶带着咖啡和康妮喝咖啡用的黄色的杯子过来了一趟。康妮对此很是感激。但是让她更心存感激的是看见了丈夫的脸。两个晚上，他们的生活，他们的家，花园里树上的初蕾，都好像那么遥远，好像是映在后视镜上的景色。现在一切好像都变成了冰冷的、湿漉漉的残片，只剩下需要战胜的是那看不见的幻觉了。

但是约翰在这儿。她希望他只是她爱的丈夫而不是医生。

"就是，从医生的角度看，她的情况不乐观。我能怎么说，康妮？她不是个听话的病人。她很固执。从另一个角度看，拒绝也许是她一直的姿态。"

康妮拽着她编织袋里的纱线。她为了集中注意力，正在织一种复杂的东西。各种像电线一样的纱线。但是她总是犯最基本的错误——掉针，或是忘记加减针。这个复杂的项目似乎可以让她不再胡思乱想。现在康妮希望自己什么都不想，只是专注于编织。

"你以为我不了解她？"康妮知道约翰不是这个意思。她的声音有些失控。是好朋友就该强迫安娜听从医生的安排。"有时候她就是不想当病人。"康妮说道。

"不，康妮，我知道你明白。如果我们能够理解，死对于她来说就和生一样自然，会有帮助的。"

"喂，我还在这儿呢。"安娜从床上的一堆垫子里发出声音，"至少，从技术上讲，我还活着呢。"

约翰和康妮都大笑了起来。康妮甚至有些歇斯底里。很显然，安娜总是那么幽默，无论何时何地。

她这个，她那个——康妮还知道一件事，那就是安娜痛恨当病人。

"上帝，你真让人头疼。"约翰说。他像雨刷器一样搓了搓手，然后伸出胳膊去找安娜的胳膊。"你总是出人意表啊。"

康妮把她的毛线活儿放到腿上，端起了咖啡。她的丈夫握着安娜的手。而且——康妮知道他无法控制自己——约翰的手指滑向了安娜的手腕，康妮看到，他在给安娜把脉时专注地眯上了双眼。

记录

选个最喜欢的数字。乘 2，加 9，减 3，再除以 2。减去最初的数字。你的答案永远会是 3。

不是记忆。在她的脑子里，是数学，数学游戏。

选个数字。乘 2，加 10，除 2，减去最初的数字。你的答案永远是 5。

最爱的，选个数字，安娜想。得出这个数字的平方。

2

茗，奔赴

"喂，你到底怎么想？"

"给我点时间想想。"但是茗却没有思考她客户的离婚协议，她想离开会谈室。她要直接开车去安娜家。整整一周，她都在和自己激辩。海伦是对的。她太容易受影响了，太感情用事了，放弃了抗争。在她的职业生涯里，她一直为自己的沉稳而骄傲。她从不轻言放弃。临终医院这件事就是轻言放弃了。之前她怎么没有意识到？她们在的一个星期以来，安娜不仅断了食，而且连起搏器也要关了。可是，茗还是能够扭转局面的。安娜会重新开始进食的，起搏器也会重新打开的。她要说服安娜。她的逻辑推理要比海伦的强行要求更加有说服力。即便茗的逻辑推理不能总是战胜安娜的冲动，但安娜也经常承认早该听茗的话。

"考虑离开怎么样？"

面对对方辩护人的讥讽，茗很坚定。其实她有些头晕。真想推开这破转椅，不理会这些谈判，去看安娜。在安娜那里，茗的意见很重要，比帮着当事人讨要赡养费或是孩子暑期夏令营的费用要有意义得多。

是啊，"溜走"这个想法让茗感觉好多了。

她要做的就是站起身。

可是她却把身体深深地陷入摇椅里，手掌按着会议桌的柚木色边缘。

"我觉得应该谈下一个问题了，不要再纠结上次双方当事人会面时都已经达成协议的事情了。"

因为，无论茗想得多美，还是有两件更重要的事情把她拴在桌子边上。

第一件就是，她的责任心。她从未失约过。也许是由于父亲的影响，她好像天生就喜欢加班，从她挂牌那天起，她就知道无法改变自己的 DNA，知道在这个小社区，没有人愿意雇用一个有着厄瓜多尔姓氏和中国名字的女律师。她很害怕客户不会光顾。因为这个原因，茗还保留着她原来在阿尔巴尼公司旗下的温特斯和特雷尔分部的咨询工作。塞巴斯蒂安试图说服她已经花了二十年的时间为无谓的事情担心，提醒她其实她的事业蒸蒸日上，他在餐馆的工作才充满不确定性呢。他知道什么？血管里流着拉丁血液的塞巴斯蒂安总是乐观得出奇。

但事实却是——茗在骗谁？——工作是一种宽慰。需要集中精力的工作，能让她暂时不想安娜的事情。几个小时过去了。想想看，她应该已经有所作为。比如目前这桩离婚案，些许的进展都需要经过漫长而枯燥的琐碎程序。她明白，一切都不能指望人有自觉性，需要依靠法律程序。她相信法律。正因为如此，她才成为出色的律师——她是真正相信法律的逻辑可以帮助人们解决难题。这个离婚案她会胜利的。即便她失败了，谁会真正受害呢？

但是劝说安娜的事不成功，一切就不同了。

"要改变，太迟了。"昨天海伦报告说，安娜几乎一直在沉睡。睡睡醒醒，虽然大多数时间都在睡。

"不迟。"茗反驳说。她会说服海伦。"抱歉，上周我没有支持你。"

她得快些结束——把这可笑的关于夏令营费用和大学学费的谈判结束——然后离开，开车去东边安娜在谷里的家。她要用自己缜密的逻辑推理说服安娜。塞巴斯蒂安准备了午餐和晚餐，希望这回茗能够说服安娜再度进食。车里有储存食物的柳条筐，可以保持安娜喜欢的口味。又是野蘑菇和大蒜汤，还有他自己养的蜜蜂产的蜂蜜和花粉。

浪费了时间，她真的后悔。茗不能失去安娜。安娜是她快乐的发动机。一直都是。是安娜，把茗从严厉父母的严苛教条中解救出来。安娜对生活充满激情，而且还把这激情传播给周围的人。多年以后，在莉莉的脑部手术后，还是安娜让茗又开朗起来。坐在那按摩椅中，是安娜的目光让茗的心情轻松了起来。世界上没有人能这么轻易地帮她减压。

"你没有泄气吧？"茗碰了碰客户的胳膊。她的客户——珍妮·海德，浑身散发着煎饼和口红混在一起的气味，板着张扑克脸坐在那里。不同的是，珍妮上周来会谈时还约午饭。她曾经在马场待过一段时间——素颜，穿着骑马的服装；她是个美丽的女人。两个女人坐在茗办公室的后廊上，沐浴着春日的暖阳，吃着火鸡三明治。

"我真的很想他。"珍妮突然说道，"我今早醒来时，想起了他曾经夸我能干。我不知道我为什么会信他的话。"茗拿掉了上面的那片面包，静静地吃她的三明治。最好不评论。珍妮在自说自话。也许是因为春天的气息，也许是因为某种挥之不去的东西。茗不能确定，她见过太多曾经大打出手的夫妻又言归于好。婚姻就是这样。某一日塞巴斯蒂安会让茗狂怒、烦躁，某一日又会让她感激、着迷。茗记起有位法律教授曾经说过，每一对夫妻都有很多离婚的理由。那时茗 24 岁，新婚，觉得这位教授简直就是个虚伪的坏蛋。但是，他说的话却留在了她的心里。25 年，不，28 年以后，仅仅是看见塞巴斯蒂安胡乱扔在地板上的脏袜子就让她有杀了他的想法。可是，过一会儿，当他在床上把她揽在怀里，她又很爱他，依恋彼此的怀抱。

处理多桩离婚案之后，茗可以确定的是，如果有孩子，即便真的办了离婚手续，其实婚姻还在继续。只是不同居不再有性关系而已。当然茗也知道还有的离了婚的夫妻仍生活在一起，继续有性关系。但如果这些成年人还能容忍对方，这些都无所谓，他们对孩子还有同样的责任。她和塞巴斯蒂安有一个生病的孩子，他们不能离婚。每天要共同面对的挑战都远远胜过音乐课或是夏令营的费用。茗相信婚姻中存在挑战。

"没用！"海德先生突然说，"你没用！"他腾地一下站了起来，身后的椅子撞得砰然有声。海德的声音像剃刀般尖利。"我没时间听这些！"

"控制一下你的当事人。"茗看到对方律师走过去示意他冷静。

她需要镇定。就像是一场比赛。谁先逃走？

茗按下了自己电话的录音键，里面充满了从海德先生那张丑陋的嘴里喷出来的脏话。

"就这样吧。"等他停下来时茗说道。

就那样，茗结束了谈话。她站起身，走出了会谈室，海德先生的那粗粝的声音还在她的身后盘旋。她现在要做的就是，开车穿过群山，到安娜家去。

打开车门时，她想起了在塔里法度假时的另一个瞬间。那段时间，由于日复一日在海滩上奔跑跳跃、打羽毛球，两家人白白的、圆乎乎的身体变得像龙虾卷儿一样红扑扑的。她要用这个故事让安娜振作起来，唤醒安娜，然后要利用这个缺口——即便是暂时的也好——一步步说服安娜重新进食服药，开始另一轮的生命。

茗在扣上安全带以前，心里就已经有底了。安娜以前很依赖她。安娜佩服她的实际。从第一次发病，茗就确定，有了生存的愿望，就会有健康。"这是赶走病魔最好的办法。"在安娜说出最后的愿望并表示要放弃时她坚持道。她关注着病情发展的每一个阶段。她帮助安娜一次次战胜病魔，就好像她的逻辑、她的智慧、她的理性，可以遏制病程的发展。好像事情总是有解决的办法。

这次还会成功。海伦的想法是对的，但策略不对。卡洛琳和莫莉会支持她。今天，大家一起，沿着正确的方向前行。茗有信心，她知道如何赢。

海伦，奔赴

早上，阿萨拿来两杯咖啡，之后又和海伦躺在床上，说："你这周过得出奇地好。开车时想想，怎么和安娜说。她很乐意知道你过得好不好。"

海伦靠着阿萨。"我会的。"但是所有的一切——口味完美的咖啡，本周的惊喜——都仍然摆脱不了纠结。如果安娜没有生命垂危，那这一定是完美的一周；如果不是她知道安娜已经停止进食，那这一定是完美的一周；或者起搏器还是别的什么仪器没有关掉，那也是完美的一周。虽然蕾拉在电话里不断重复说，那玩意没什么大用。

现在，在纽黑文的休息站，海伦倚着车，加满了油，她想，好事得接二连三。她按下收条按钮，但并没有等收条出来，就扣好安全带，起步，加速开上了州际公路。

海伦知道，如果让她大声说出来，她当然要安娜活下去，虽然她被批评说太过依赖奇迹。迷信，这是海伦见不得人的秘密。和宗教无关，海伦每天都要偷偷占卜一下，比如上飞机时要先迈左脚，比如寻找幸运字母来确定好运还是厄运。海伦，那个对一切新一代的占卜都大摇其头的人，事实上像地狱中的蝙蝠一样莽莽撞撞，随时准备像该死的忒瑞西阿斯一样宣布未来那不可避免的事。

但就是那样。好事一定得接二连三。

第一是确定展出的事。二十年回顾展，在芝加哥艺术学院，预计 2015 年秋季完成，包括两幅卖给博物馆的画作的洽谈。

第二是昨天晚上。当时海伦正从王子大街到"选择咖啡厅"去和阿萨汇合一起吃晚饭，她接到一个陌生号码打来的电话。十五分钟后，她一边往牡蛎上放山葵酱，一边对阿萨赌咒发誓道："当他说，'嘿，海伦，我是拉里·佩奇'，我根本就不知道拉里·佩奇是谁，随后他说，'我们想让你当

2013年首届谷歌艺术奖的获奖人',我站在老佛爷和王子大街的角落里大喊,'一万五千美元!太他妈意外啦!拉里!'但说实话,阿萨,我还是不知道拉里·佩奇到底是谁。"

阿萨把一个牡蛎放进嘴里,摇摇头,说:"听说过互联网吗,海伦?"

这是一个。

还有第二个。

现在,速度表已经指到了八十迈以上,显然安娜是海伦的第三个完美的感觉。

是这种老女人的感觉。

是这种"三是个神秘数字"的感觉。

很显然——就好像一切都不可避免。除颤器还是什么其他的东西关闭了,没关系。突然,到处都是证据,证明安娜会好起来。比如,海伦往左看,就会看见光呈斜线折回,这就是个预兆,因为安娜总是说,是海伦教她注意光,注意光和速度的游戏。好吧,也许光和树还不能作为百分百的证明,但是海伦还是要飞向安娜的家。她要第一个抵达,这样才有和她单独待着的机会。和她分享一切。并不仅仅是分享她的好事,也要分享安娜就要好起来的喜悦。

海伦可能不需要做什么说服的努力了。也许安娜今天早上醒来,感觉有劲儿了呢,而且,想都没想就进了厨房,吃了该吃的药,还吃了奶酪蛋卷。也许她会看到安娜在起居室。嘿，海伦，海伦进屋时安娜会稍微有点睡眼蒙眬地招呼她。那样就有新的计划了。

海伦先是听见了警车的呼啸声，然后才看见警灯。她时速差不多九十迈了。海伦开到了路边，车在马路牙子上颠了一下。

海伦摇下了车窗，然后从后视镜里看见了警察的巡逻车。她想着要吃罚单了。到底要扣多少分算是多呢？

警察从车上慢腾腾地下来了。州警察，浅灰色的帽子上戴着康涅迭戈的蓝色标记，打着蓝色领带。他整了整皮带。他身材魁梧，很显然他故意走得慢吞吞，好像是想让海伦有更多的罪恶感。海伦的肾上腺素飙升，这让她感觉比超速还有罪恶感。好像他更慢了，用靴子踢着松了的砾石，最后他停在海伦的车后面。走近发现他很年轻，基本等于乳臭未干。海伦要是想用微笑来免吃罚单，看来年龄太大了。

巡警说话时低下头，探过身子。灰色帽子的帽檐压得很低。他的手叉着，放在皮带上。他查了查车的里面。拿出水瓶、咖啡，还有后座上的小旅行袋。

"您要去哪儿，女士？"

"马萨诸塞。"

"干嘛？"

海伦突然哽咽了。强忍了下去。"看朋友。"

"知道开多快了吗?"

海伦挤出了一丝虚弱的微笑。"太快了?"

"哎,女士,时速九十一迈了。到那儿有重要的事?"

海伦想把一切和盘托出。他会理解的。她想博得他的同情,也许他可以帮她警车开路直达安娜家呢。

"请出示驾照和登记簿。"

海伦找出了登记簿,最新的一张在五张过期的下面,都塞在钱包里。驾照撕掉了张角儿。然后海伦眼看着他回到了警车。她依然非常焦急,她得赶到安娜家,可那个娃娃警察还在为她的超速大惊小怪。

她需要深呼吸,平静一下。她闭上了眼睛,她又回到了医院病房,安娜在纽约的第三次治疗,在那儿她遇到了阿萨。安娜说她本来也可以在斯普林菲尔德治疗的,但海伦还是喜欢原来的医院——陪着她的儿子去坐公交车,中间停下来给安娜买点新鲜的带鸡蛋的色拉和汤,还有奶油面包圈,然后再坐地铁向北走。她会出现在 168 号大街的台阶上,每一次都为空气里飘着的油炸食品的甜香而惊奇,她会穿过长长的街区,路过那些装满早餐三明治和甜甜圈儿的食品运输车。早上,医院的圆形大厅很安静,保安会点头请海伦通过。她跑上五层,杂货袋在胫骨上来回晃荡。爬楼梯,来证明自己很健康,这很重要。

还有一点:如果安娜死了,海伦也会死。这是迷信的逻辑。但她的生活中一直都有安娜，那么安娜不在了，她也不在了。

"哎，这回你彻底赢了。"安娜治疗后说，"我会活下去，你找了男朋友。"

在海伦回嘴之前，安娜说："和阿萨好好在一起。你会发现他比我更值得依赖。"

"女士。女士。"

"是，警官。"海伦睁开了眼睛。警官回来了，让人难以置信的是，他好像看着更年轻了，下巴上长着粉刺，有着马驹样壮硕的身体。

他递给她一张罚单。"你不超速，你朋友也跑不了。"

"是，警官。"她重复道。她看着他富有弹性的步伐，甚至在回到警车的路上还踢着石子儿。他也没什么错，履行职责而已。

在下一个出口之前，他一直跟着海伦的车。她把车速控制在限速之内，即使在他的车已经不见了踪影以后。

"是，警官！"她在车里大声喊道，"是，警官！"她声音又大了 些。

就这样吧。她得闭嘴。什么也别说，别做傻事，这样那个娃娃警官也许会同情她这个中年妇女，放她一马，不给她开罚单。

康涅狄格州的这个警察用掉了海伦的第三个好事。

安娜也许会死。

你欠我的，她在描述这个超速罚单时会开玩笑说。警察说"你朋友不会跑掉"的时候，海伦费了多大的劲才忍住没说出"是的，警官，多亏了你的罚单，她跑不了"。

海伦忍不住要说，你真的欠我的，安娜。我为了你被罚了分。你要做的就是来参加我的婚礼，还要祝酒。

车停在安娜车道的尽头时发现，茗已经来了。海伦本来想和安娜单独待着的，但这样也没什么关系。安娜好就行。

宙斯在台阶的最高处冲她叫。

"嘿，宙斯。"海伦把短暂的柔情倾注到狗的身上。

她打开车门时，电话响了。是露辛达，海伦最大的孩子。接到她的电话很开心，为了能够听到女儿的声音开心；为了露辛达又和她说话了而开心；为有机会和孩子们吹吹自己得了谷歌奖开心。也许她会带露辛达去旅行一次，还有瑞思迪。她欠他们的不止是旅行。

"嘿，曲奇。"

露辛达高兴地叫"妈妈"，这让海伦的心猛地一紧。

海伦想挂了电话，转到语音信箱。

她把罚单塞到包里，从车里出来。关上了车门，倚在车上，抬头看安娜的房子。经幡从屋顶耷拉了下来。屋顶还有一小截晾衣服的绳子在悠荡。

露辛达是想和她说些开心的事，而海伦，那位希望把世间一切最好的东西都给露辛达，那位因为女儿有一天原谅了自己而心存感激的母亲，现在却不想和女儿通话，想让她闭嘴。

或者，海伦想告诉露辛达，我一会打给你，曲奇。我先进屋，看看安娜的情况，然后马上给你回电话。

但是她却不能挂电话。露辛达，她美丽的女儿，她花了好长时间才让她再一次获得信任的女儿，已经迫不及待地开口了："妈，我得到了！工作，妈！"

露辛达的声音像铃铛一样清脆，把快乐直接敲进了海伦的心里。快乐到心痛。

"你说我行的，妈妈。谢谢你给我信心。好像有你我才成功的，妈妈。"

就是这个了。搞定。

这是第三件好事。

露辛达在说日程和工作的好处时，海伦慢慢地走到了院子边上。挂在那里的铁桶已经生锈，发出叮叮当当的声音。铁链扭曲了，悬挂着的帆布椅子被吹到了一边。海伦把铁链弄正，让椅了又可以荡起来。

"我真为你骄傲。"海伦热情但有度地回应道。

"办公室的文化有些冷啊。"露辛达说。然后要谈到薪水问题了。她要赚钱了，赚大钱。"这些都是他们的词儿，妈妈。"露辛达说，"赚钱，赚大钱。"

女儿的声音如音乐一般地流进了她的耳朵。海伦回应着。像所有的母亲一样，夸奖她的每一个进步——她会爬、会走、会潜水。

然后海伦向通往前门的花岗石台阶走去。不过不急，没有急着进去的理由。她走向房子的侧面，那里地势很高，连着山坡。现在一切都太迟，来不及用她的迷信把发生的一切都重新来过了。

"这是你应该得到的，露辛达。我就知道没问题的。"海伦踮着脚站着，她努力够着，使劲伸着胳膊，后来跳了起来，直到抓住了屋顶上垂下来的晾衣绳。她用力拉，再拉，看到皱了的经幡松动了。海伦在屋顶下面移动着，又往院子那边移了移，以便找到更好的角度去使劲扯那经幡。她用一只手边调角度边拉扯，另一只手拿着电话，和露辛达唧唧呱呱地说个不停。

"这消息简直太棒了。"她说道。使劲扯着挂经幡的绳。

"你一定会有好运气的。我就知道。"对于女儿的未来，她还是有些担心。

海伦在经幡的下面了。经幡松松垮垮地挂着。她使劲一抟，拉经幡的绳子慢慢地落了下来，掉在泥地上。

莫莉，奔赴

二号公路。过康考特环形交叉路口不久，就感到了春天的气息。好像驾车到了三月，开过菲奇堡和莱明斯特后，二月的灰白和萧索，林子边上铲雪车留下的痕迹，一切让人沮丧的东西都消失了。

莫莉家附近的一切都已是人间四月天。花圃里的黄水仙张开了笑脸，其他的球茎植物也都焕发出勃勃生机。好像一夜之间，繁盛的木兰就被风吹落，铺满了大地，院子旁边的树木也开始繁花似锦。

鹰在盘旋，向汽车扑来，寻找公路上被车轧死的动物。整个二号公路的路肩好像是以动物尸体为食的鹰和秃鹫的盛宴之地。不过，尽管二号公路看着很苍白寥落，但莫莉能一个人待在车里，还是非常开心。她希望到安娜家的路再长些。像北达科他州那么远。尽管她尽量控制车速，还是差不多开到了米勒斯福尔斯，转向了六十三号公路。天好的时候，莫莉喜欢在州际公路上飞驰，在路上，有种没有人能找到我的快感。但现在有电话了，人们希望能够随时找到你，无论你在何地。汽车设了免提电话。但是莫莉和赛瑞纳决定开车时不说话，要给全家人做榜样，因为孩子们现在也都开车了。莫莉讨厌想孩子们开车的事儿，尤其是现在。

莫莉给海伦电话留言时没说实话。她并没有因为有自杀的病人耽搁而迟到三个小时。为了了解病患紧急情况的解决方案，为了处理危机时的镇定，她愿意付出一切。为了那种自信，她愿意付出一切。

今天早上，和赛瑞纳、泰萨坐在德雷克博士的办公室时，校长尽量让自己的声音平静而愉快，好像并没有被同性恋母亲和孩子吓到，他建议她们自己处理这个事情。"咱们得好好谈谈发生的事情。"莫莉真的为自己是如此不自信而震惊。她希望自己不另类。但是，她看着一点都不像是医护人员，这一点"他妈的"非常确定。

汽车开到了一个急转弯。莫莉觉得燥热恶心。她的嘴里流出了口水。她摇下车窗。也许她该把车停下。

上周她们在安娜家时，她的朋友们对她的焦虑表示了蔑视，呸呸地吐着口水。这是小孩子的行为。这是我们的行为。孩子们容易激动，这一点已经达到共识。她们说起了孩子们的恶习。好像是为了让她明白。莫莉，需要我们提醒你吗，孩子们会变来变去的。

但是这次情况不同。这次不是莫莉自己忘记了十六岁时做的傻事，或者是忘记了她的母亲在某个午后酗酒后的烂醉如泥，或者是她需要和她的妻子争论，因为赛瑞纳认为大麻简直就和原子弹一样可怕，因为在她的童年里兄弟们就吸毒成瘾，甚至也不是因为泰萨蠢到自己把大麻带到了学校。（感谢上帝，德雷克博士也不相信所谓的"过度分享"这类的话。）也不是因为泰萨在她们见德雷克博士的整个过程中脸上挂着的那种满不在乎的神气。

问题在于莫莉的亲眼所见。在她们围成一圈坐在窄小的塑料椅子上时，泰萨耸肩抖掉了海军呢大衣，莫莉看见了她的文身，就在泰萨的腰上。泰萨刚好没来得及拽下毛衣塞进牛仔裤里。莫莉整个会见的过程都在努力集中精力，和校长谈责任和义务的问题。"绝对的。"她用一种父母的口吻说着，明确而又关注，既不夸大也不回避问题。

但是整个过程，莫莉都在不断地偷看泰萨毛衣和牛仔裤的结合处，祈祷着是自己看错了。她知道她没看错。文身不好，文一个带伤口的心就更糟了。她一闪之间看见的两个字让她抓狂。"操爱"。她看见了。她想中间还有一个句点："操。爱"。

她的女儿，她们的女儿。那个两个星期前和她的姐姐莎娜一起挤坐在沙发上看她们喜欢的电影的可爱的孩子，那个和塞巴斯蒂安哼唱《小美人鱼》的孩子。那个一听说要打针就紧张得要命的孩子不见了，文身了。也不是因为她去了某个肮脏的文身店，让自己完美的肌肤任卫生状况堪忧的针头摆布（难道没有法律规定这种事情需要成年人同意吗？）。主要是因为泰萨选择的图案，悲伤而又愤世嫉俗。文的字就更加让人伤心了，而且还不得不带一辈子。

泰萨的心里到底有什么事情，让她选择那种受伤的心，那些黑暗的字？没有任何预兆，突然之间，一个孩子怎么会变成这样？难道在她女儿身上发生了什么让莫莉不能理解的事吗？某种悲伤、刺痛，真正黑暗的事吗？

车里的电话响了，是赛瑞纳的来电，莫莉没接。赛瑞纳第二次打的时候她也没接。如果赛瑞纳再打，她就不得不接了。赛瑞纳不知道文身的事。她没看见。莫莉不打算在电话里告诉她。

会谈达成了一致。每周做一次毒品测试。协商。

"我们得记住，泰萨功课真的很好。"莫莉说着，转向了她的女儿。我希望——不，她需要泰萨微笑，耸肩，或者任何承认她们之间关系的动作，说"我知道我惹麻烦了，妈妈，你还相信我，我很开心"。可是，泰萨看了一眼，眼里写满了"少管我"。

就在校长的办公室，莫莉一直控制着自己站起来说"停止"的冲动，控制着大哭着说"不管你是谁，我希望我的女儿泰萨回来，我希望她回来，把那一切鬼东西都洗干净了回来"的冲动。

为人父母到底有什么好？为什么神志正常的人要选择忍受这些焦虑和不安？难道就没有人预见到，那个可爱的婴儿，那个爬着、走着、跑着、涂指甲、读书、大笑、依偎、搞怪的孩子，那个奇迹般的孩子，那个说"我好爱你妈咪"的孩子，会变成用抑郁、恶劣、没时间搭理你的眼神而让你心碎的人吗？

莫莉拐到了出口，往米勒斯福尔斯方向开去。那里曾经是个繁忙的工业小镇，以瀑布闻名。现在有些破败。一个没有工业，到处都是破烂建筑，每一个衣衫褴褛的人都有文身的肮脏的地方。有各种文身。并不是说，她和赛瑞纳的朋友里面没有人文身。她们的朋友中有人总是会找机会画一些新的图案。但这个却是永久的。"操。爱"，"操"和"爱"这两个字中间的句点是表示性和爱之间冷静的分界吗？连接吗？还是如泰萨教给莫莉，在发消息时句点表示强调。她真的不希望她的女儿，身体上带着这个印迹走完一生。

莫莉穿过了小镇，街道很窄，两边松树的树荫把路染成了蓝灰色，路边的房子都远远地躲在石墙后面。她独自一人又开了二十多分钟，开车路过蒙塔古书坊。她是否应该停下来喝杯咖啡，给泰萨挑本书？没门儿。书太容易被歪曲了。然后路过了她和海伦一百万年前住过的房子，那座让她们为了保暖的问题伤透了脑筋的房子。

等她到了安娜那里，她就不用再掩饰了。告诉她的朋友们她被学校召见。大麻，还有文身。她需要帮助，需要安娜的帮助。这就是安娜的完美之处，是她的朋友里最善于处理当家长的压力，最能帮助莫莉摆脱困境的人。安娜总是能够让莫莉不再苛求完美，不再惶恐不安，总是支持莫莉做出坚决的判断。

"别着急。"在许多关键的时刻安娜都会这样说，这样让莫莉宽心平静。

莫莉需要这个下午和安娜单独散步。我明白了。是有点让人着急，她想象着安娜的回答。但我发誓，百分之八十五是因为青春期愚蠢的冲动，茉儿。就像九十年代是把头发都染成蓝色，或者是文眉。这肯定和我们以前遇到的那些真吸毒的男孩子们不一样。他们是要逼迫我们。那是他们的工作。

但是海伦告诉她别对这次会面抱太大希望。安娜大部分时间都在昏睡，通常没有反应。莫莉不太相信海伦的话。她也许可以和她长长地散步，谈心。安娜会像妈妈一样让莫莉平静，相信自己的直觉。

车上的电话又响了。

她不能回避赛瑞纳。

"嘿，亲爱的。"莫莉听见赛瑞纳在抽泣。赛瑞纳从来不哭。哭不是她的风格。在困难面前，她一直非常冷静。她就像外科医生那样平静。莫莉知道赛瑞纳什么时候害怕，因为她越害怕，就越钢铁般坚硬。

"怎么？发生了什么事?"赛瑞纳哭泣的声音在车载电话的扬声器里很微弱。"需要我回家吗？泰萨呢?"

莫莉放慢了车速。灾难性的想法涌来。每一个都比文身严重。

"你得和我说啊，亲爱的。"莫莉的语气严厉了起来，"泰萨怎么样?"

"你告诉我。"赛瑞纳干巴巴地说，语气里添了些抱怨，"你是医生。"

"她没事儿。"

莫莉随意把车拐到某一家的车道，是正在修葺中的低矮平房，一个男人站在脚手架上，车道上停着两辆卡车，旁边的院子里堆着木头。

"我们是当父母的。我们得相信泰萨，这样她才能相信自己。"莫莉听见自己的声音很平静，她在告诉赛瑞纳该怎么做，她在治疗室也是这么叮嘱自己的病人的。可是，这远远不够。作为家长，她希望自己能有做治疗师时一半的冷静。她看着脚手架上的那个男人，看见他把重心都放在一条腿上，探出身子在干活，莫莉想，这个白痴，居然相信脚手架那个玩意儿。

赛瑞纳说："我爱你。问候你的伙伴们。帮我吻安娜一下。"莫莉在电话里做了个吻的声音，然后按下了挂断键。

她把车倒了回去，然后脚踏在刹车上。她一直在梦想着单独和安娜一起散步。不是今天，以后也不会了。她得相信自己的直觉。莫莉从包里拿出手机。开始发短信。苔丝，我们得谈谈。是你的身体。但是。不要。再。文身。如果你觉得我这是虚伪也无所谓，但我还要说。我爱你。给我打电话。然后她按下了"发送"键。

卡洛琳，奔赴

整个一周，卡洛琳都很平静——有点瞬间冷静的味道

——她想着如何讲述这个故事。她可以想象，她的朋友们听到这一次埃利斯如何飞到了圣马丁岛用杰奎琳·布维尔的名字入住了拉萨马纳酒店。

说实话，她们张大嘴巴并不奇怪，因为，说服饭店的守门人在卡洛琳买到机票飞到那个小岛之前，不把埃利斯轰出酒店的大门就是一件让人发疯的事情。为埃利斯的沙滩装、客房服务，还有让人难以想象的物品的损坏而大把大把地花钱，这也让人抓狂。然后是在回程的班机上，埃利斯已经彻底发了狂，解开安全带，在过道里走来走去，胡说八道，从"草丛里有杀手"说到更加隐晦的"这是俄罗斯人的连环恐怖行动"。

埃利斯之前并没有关于上帝或是外星人的幻觉。她向这方面发展了，这不错。但是这次也太离奇了。卡洛琳已经迫不及待地想让大家猜猜圣马丁岛的这次奢华的发疯到底花了她和丹尼多少钱。

埃利斯每次发疯都干得很漂亮。你不得不承认。

别忘记她花了200美元梳了个沙滩发辫。

但是，杰奎琳·布维尔！

在她入住酒店时，难道酒店工作人员不应该发现她不对劲儿吗？当她梳着缀满珍珠的大辫子，戴着手套，穿着高跟鞋去订晚餐时他们就不震惊吗？

对，女士们，她就是那个装扮！

如果没有别的事情，对于她的朋友们来说，还是个好故事吧。卡洛琳很乐意给大家讲，"就是辫子、手套、高跟鞋。"

可是抵达圣马丁，看到埃利斯脸上那熟悉的发疯后的表情，她每咀嚼一次都像猫一样舔舔嘴唇，她抖动的用铅笔描出来的浓眉，这一切都没什么有趣。

显然，与其说是个好故事，还不如说是个悲伤的故事。

但还是值得的，能够回到安娜的起居室，卡洛琳扮演着各种角色——法国看门人、大惊小怪的空乘、讨厌的护士——卡洛琳看着朋友们脸上又害怕又开心的表情。这就够了。其实，这也是种可怜的感觉。过了这么多年，她还是希望在朋友中间能够让自己的位置更重要些。甚至不惜使用埃利斯发疯的故事。但是，这么多年，埃利斯的发疯让她经常囊中羞涩，这一切的意义在哪里？

开车穿过了哈特福德，卡洛琳决定慢一点讲——为了配自己的比基尼和沙滩袍，埃利斯把饭店的蓝色透明纱帘剪了，她蘸着番茄酱在套房的墙上写了上帝才知道是什么的鬼东西。当卡洛琳描述埃利斯如何把腿弄得青一块紫一块，还裸露着去跳迪斯科时，安娜会说："嘉丽，你得承认，埃利斯每次发病都很有创意啊。你看，还杰奎琳·布维尔！"

开车一路向北，卡洛琳感到精神饱满。她把整个车程每二十分钟切成一块儿——哈特福德到斯普林福德，斯普林福德到北安普敦。其实她也有点小疯狂。但是二十分钟后，开过斯普林福德，看见左边康涅迭戈河上横亘的拜县纪念桥时，她感到精疲力竭，四肢百骸都懒懒的，只有脑子还很活跃，疯狂地计算着这些年她和丹尼为了埃利斯的医疗费和保健费花掉的成千上万的美金。还有，为了保证姐姐的安全，她花了多少时间啊。

这是她急着去安娜家，急着去见她的朋友们的另一个原因。这几周她很成功，不知多少次地讲述了埃利斯的古怪行为。她们也由着她讲。就让卡洛琳搞笑、无情、卑鄙、愤怒、深刻、充满希望、暴跳如雷好了，总比一味地伤心要好。因为她超常的大姐，她的生活越来越疲惫而缺憾，这让她好心酸。莫莉、海伦、安娜还有苕，都理解她，也由着她充分表达做埃利斯的姐妹是件多么复杂的事。

然后卡洛琳猛地向左一拐，开上了通往安娜家的路，她穿过泥泞的车道，停在海伦的车旁边。

"嘿，嘿，女士们。"她嚷着用脚打开了厨房的金属门。她把手包和三瓶夏敦埃酒重重地放在厨房的操作台上。好像没有人。整个房子都出奇的静。但是车都在车道上啊。她们去哪儿了？不带她？她们知道她要迟一点到啊。

卡洛琳把酒塞进冰箱。她不相信她们会甩下她离开。不，其实，她相信她们会甩下她。以前就有过一次。高中时，有过那么一段时间，后来就再没有完全融入过。就像是个惩罚。好像团队经过了重组，她再也无法成为核心了。她到底需要多长的时间来证明自己呢？

她奔向起居室，看到茗和海伦蜷在沙发上，旁边堆着枕头。

海伦闭着眼睛。

茗冲卡洛琳点了点头。"你来了。"茗的声音很轻，这让卡洛琳觉得一定是海伦的偏头疼犯了。

"安娜呢？"

卡洛琳看见莫莉在门廊上打电话，手在空中挥舞，好像在做着强调的手势。

"没事儿吧？安娜呢？"

她太晚了吗？不可能吧？

"进去吧，卡洛琳。"茗冲着卧室的方向点点头。说话和点头好像都让茗感到很费劲。"等护士做完全身保健，安娜就会醒。她一会儿迷糊一会儿清醒的。现在就这样。"

"别担心，女士们。我会让她起来的。"卡洛琳不想听茗悲观的话。

"上周我们来时，她就不到起居室来了。"

"我这周有惊天大消息。"她去了加勒比海，又回来了。她拯救了埃利斯，那么她就一定能够拯救安娜。安娜会咯咯低笑，"杰奎琳·布维尔。"卡洛琳要让她们看看她有多么重要。

"进去吧。她喜欢听见我们的声音。"

海伦的眼睛突然睁开了，而后又闭上了。"至少我们喜欢这么认为。"

3

美丽的确认

说到 9 乘以 8 的时候，她昏睡过去了，到 14 乘以 7 的时候醒来了。

"她说 98。"有人说道，"安娜，是你说 98 吗?"

茗。她身后是海伦。"是我，宝贝。我告诉过你，我们还会来的。"

真是温暖。数字有魔力。她想告诉她们，但是她又昏昏沉沉的了，这回，是 16 乘以 9。

神奇女侠

别怕! 老友有特殊的力量! 神奇的组合。中年女人组合，她们有泛滥的荷尔蒙，有勃勃的生机。

她们轮番陪安娜躺在床上，抚摸她的头发、脖颈、胳膊，不特意和她说话，但是即使她睡着，她们讲述的每一次冒险都要带上她——苦干、发狂、恐惧，还有难以置信的好——每一个人一周发生的故事。

当她们开始第二个回合时，海伦说："刚才，就在我在车道上停车时，露辛达打来电话。她找到了一个新的工作——此处可以有掌声——在伦敦。"安娜动了一下，不是那种她们第一次来时那种可怕的抽搐，而是疲惫地在空中伸了伸胳膊，活动了一下她的手腕和肩膀，然后在海伦扶她起来时请茗给她加了一个靠垫。

"露辛达说是因为我。是我给了她信心。"海伦趁着自己还没有落泪，赶紧把话说了出来。

安娜点了点头，眼睛还是闭着。

"好了，女士们，我要讲点儿有趣的。"卡洛琳摆好了姿势，夸张地挥了挥胳膊，"昨天早上我在加勒比海滩，埃利斯在那儿花大钱梳了个宝黛丽辫子。"

安娜睁开了一只眼睛。然后，就像卡通人物一样，又张开了另一只。她擦了擦睫毛下的眼屎。卡洛琳递给她一块温热的湿布。安娜把两端带着绒穗的方巾在她薄薄的手掌上展开，然后慢慢地擦着脸。

安娜向窗外看了看，湿布还团成一团抵在脸颊上。"我们出去看看。"

"这正是茗希望的。"海伦说道，好像这是个再简单不过的想法。"外面好极了。你是为这个起来的吗？"

210

"还有比这个更糟的吗？"安娜笑了。

也许是巴黎

莫莉驾车奔驰在北阿姆斯特弯弯曲曲的路上。好像又回到了高中时代。有那么多个午后，她们就是在干这个。莫莉驾车，其他人挤在一起，有时两个人挤在一个座位上，没有目标，没有计划，也许是去农庄兜兜风，在那里逗留几个小时，然后再堆回到车上，莫莉再把她们一个一个送回家。

她努力躲避着路上的小坑，可是这泥土路，经过了漫长的冬天，满是深洞和水洼。她把车速降到 5 英里，但车还是很颠簸，好像是马拉的木轮大车，而不是德国进口的涡轮增压轿车。每过一个车辙，莫莉都要看看后视镜。即便是在平坦的路上，安娜的头还是会不停地轻摇。她就像是坐在儿童座椅上的孩子，眼睛刚刚能够到车窗的底部。海伦坐得很近，用胳膊环住她，防止她滑下或是颠簸时磕到前额。她们在想什么？把她带离安全的卧室是不是疯了？

莫莉把车拐到了铺好的路上。车速提起来时，安娜按下车窗按钮，摇下了玻璃。突然涌进的风让人一激灵。

"感觉真棒。"她歪着脸，拨开了飘到嘴里的头发。

"不凉吗？"海伦紧了紧胳膊。她那么弱，好像风都能把她吹折。"冷，是吧？"

"把窗子都打开。"

"我们去哪儿?"莫莉在风中喊道。

"就四处兜风吧。"安娜看样子很高兴,顽皮地抬起了下巴,让风和阳光统统拂上她的脸。

当她摇上车窗时,其他人赶紧效仿。然后车里一阵沉默。她们路过了安娜教书的中学,然后往远处开去,开到了她最小的儿子安迪学习马术的地方。安迪赢得一墙的花式骑术训练的绶带,也曾为此摔断过锁骨和胳膊,还有几次脑震荡。然后到了帕弗家的池塘,有好多年她们曾趴在那里看他们家的孩子们像炮弹一样弹下船。

茗指了指前面的岔路,莫莉把车开了过去,停在池塘的边上。

"我带了野餐。"茗宣布道,"安娜,塞巴斯蒂安说这是他拜访的方式。"

海伦建议生火煮东西。但没有人动。风穿过池塘。天空呈现出凉爽的蓝。

"也许我们就在这儿吃?"茗说道。

"我们一起去度假吧。"安娜透过她旁边的车窗往外看了看,"好不好?"

"当然,安娜。"茗赞同道。太好了,安娜谈及了将来。她轻轻捅了捅海伦的肩膀,海伦耸耸肩,也许你是对的。

"我们总是说要一起度假。"海伦说。真是。她们一直计划着。这几个亲密的女人,一直计划去巴黎庆生。算啦,那些愚蠢的书虫们还一直在说什么去特克斯和凯科斯群岛放松。

"咱们别再讨论以前为什么没能成行吧。"茗说，"开始做计划吧。"

让人眼花缭乱的选择。

图鲁姆的瑜伽。

不看什么遗址，专品玛格丽塔酒。

找个滑雪胜地。

到罗马过复活节。

到希腊航海。

"不。"安娜说，"我是说现在。先离开这愚蠢的镇子再说。"

咏唱

蕾拉从厨房的门进了房子，只听见木头和合页发出的声音。她听见宙斯在房后大叫。也许是在安娜的房间里。她知道那些朋友对于她们这神圣的会面时间有多紧张。她不责怪她们，但是她得和海伦谈谈。

"安娜什么想法？"两天前她们聚在起居室商量新一轮的祈福时，谷里的主妇们这样问道。安娜拒绝出门，也不允许她们围在床边。当蕾拉承认她也不知道安娜的想法时，她们的眼光里透出了怀疑。康妮也不知道。那会儿蕾拉离开了大家直奔卧室。

"你想怎样?"蕾拉一问安娜,自己就忍不住流泪,她痛恨自己的脆弱。她不确定安娜到底还有多少意识。

"每个人都这么问我。"安娜咕哝道,"海伦会处理的。她很有主意。我不想太麻烦大家。"

蕾拉现在每天都要给海伦打电话,商量一切。她受周五的手工和红酒俱乐部的委托与海伦商量。但是蕾拉知道,海伦对咏唱一事不大赞同。所有这些儿时的朋友对于她们认定的镇上的前卫举动都非常紧张。蕾拉会说:"我们就想唱一首歌。"昨天晚上她们商量时,海伦说:"请你,明天过来一下。我想见见你。"这让她们之间感觉有些亲近。很多个夜晚,她们的电话都是在泪水中结束的。

不管海伦怎么想,安娜喜欢。蕾拉很确定。无论海伦觉得这支歌是尴尬还是无聊,事实是,每周五她们的手工和红酒俱乐部结束活动时,安娜都提议唱这首歌。她们一起合唱了那么多年,主妇们已经掌握了复杂的和声技巧。它有意义。事实上,它让蕾拉热血沸腾。这样说也许就够了,海伦,过去二十年的每一天里,我们不是在我的厨房,就是在安娜的厨房度过。我也知道一些安娜喜欢的东西。但是,为什么这需要证明啊?整件事让蕾拉感觉自己又回到了七年级,而且好像还站错了队。

"嘿,杀手。"蕾拉回应宙斯不绝的叫声。她等着它沿着大厅跑过来，在她脚边狂吠。

但是她很疑惑。没有人让宙斯不要叫了。也没人做饭。上周也没有朋友带食物来。茗的汤也没有坐在炉子上。

也许她们没来？因为安娜的情况太严重都不敢来了？如果是这样，她们就不配做安娜自豪地讲述的童年故事里的主角。

现在，安娜渐渐失去了意识，她们就都吓跑了。

"过来，杀手。"

也许是来迟一会儿。

蕾拉可以一直等到她们来。她可以和安娜待在一起，多久都行，即便安娜在昏睡。她轻轻的呼噜声就是一种安慰。

但是，卧室里只有宙斯在。

宙斯警觉地站了起来，在医用床上叫着，像只疯狂的小茶杯犬。

"怎么回事？"蕾拉弯下腰，把宙斯抱了起来。"都去哪儿了，杀手？安娜去哪儿了，宙斯？"她努力让自己的声音保持平静。"我们的安娜去哪儿了？"

安娜的衣服，那些她的孩子们淘汰的——紫色的毛裤，绿色的 T 恤，还有蓝色的滑雪袜——都堆在床脚。

蕾拉转了个圈子。安娜在哪儿？

她让宙斯平静了下来。它跑到枕头那儿，用牙齿把枕头叼了起来，来回晃动。

她来回打转儿，好像丢了什么东西。"她去哪儿了，宙斯？告诉我。"蕾拉不想哭，可还是哭了。

她把毛裤和 T 恤叠了起来，把袜子卷好，把它们整齐地放在扶手椅上。当她的目光再一次落在床上时，她感觉有点晕。她的口水流了出来，有点恶心。她好像病了。床那么空。

"出什么事儿了？"蕾拉尽量让自己语气轻松，"你那疯妈妈去哪儿了？"

康妮昨晚在这儿陪了一夜。肯定有计划。康妮会知道，如果有不好的事情发生，康妮会知道，还有约翰。他会知道。

宙斯在床上不安地转着圈子，床单凌乱了，最后缠住了它的爪子，它摔倒了。这些天它一直蜷缩在安娜身边，任何人碰一下床，它都会叫个不停。

"没事儿，宙斯。"

但是好像一切都不对劲了。房子好像都带了电，到处都紧紧张张的。透过打开的窗子，外面空气清洌。她感到这座大木屋有种空空旷旷的危险。

她得给康妮和约翰打电话。

但电话也显得很危险。她不敢碰，更不敢拿起来。电话接通了，她会听到什么？

她得出去，去康妮和约翰家。等她到了他们家，一切都会没事的。她可能会看到康妮蹲在园子里。康妮会站起身，摘掉手套，会问："喝茶吗?"她们会站着一起喝杯绿茶，一起看看园子里的生菜，还有新栽的梨树。

她有些害怕，但是一切都会没事的。

而且，她看到了这个。没有安娜的屋子。

"过来，杀手。"蕾拉伸出了胳膊。宙斯叫着，摇着尾巴。"过来。"蕾拉探过身子，试着抓住它的项圈把它拉过来。她不想碰到床单。如果她碰到了，就会有不好的事情发生。它低吠着，声音在喉咙里呼噜不清，好像是颤抖的悲鸣。她伸出了两只手。它抓了过来，动作很快。她感到了它硬硬的爪子。蕾拉用另一只手把它推开。它跑到了床的另一边。血从手上涌了出来。她抓起了安娜的毛衣，缠上了手。宙斯站在那里，身上的毛乱蓬蓬的。她得离开。她不应该把它留在床上。安娜不喜欢那样。安娜到底在哪里。可是她不能再去抓它了。

乳液

汽车向 91 号公路驶去，向西，转向了 90 号公路。

驶向斯托克布里奇。

驶向奥托布鲁克小店和水疗。

关键词：水疗。

她们都喜欢这个词："水疗"。那松松软软的大毛巾。只是说一说，她们都会感到精神一振。她们之前都没有来过奥托布鲁克，但她们都听说过它的奢华。她们都不屑于事先打电话问问有没有通票或者需不需要提前预定。

她们在度假。谁敢赶她们走？

而且，她们都太忙。每一个女人都曾做过水疗的梦——水汽朦胧的屋子、桑拿、去死皮、海泥面膜、按摩、推盐、修指甲，还有不断地给身体推油。

"我想用大量的埃及纯棉大毛巾，然后扔了让别人来打理。"卡洛琳说，迈着弗拉门戈舞步。

"塞巴斯蒂安听说餐厅很特别，但是也特别贵。"她们都嘲笑，这对茗这种小抠门是多么困难啊。

安娜拿出了自己的信用卡。"这就是为什么上帝发明了这个小塑料片。我去的地方谁敢来收账？"安娜的声音很壮，一点儿都不抖，玩笑也开在笑点上，尽管海伦曾笑说好像"水疗"这个词有种集体中毒的效应。

"我就是个美丽的混乱制造者。"安娜伸出了前臂。她扔掉了薄毯。"忘掉那些用法吧，我到了那儿，要把那些小瓶儿里的身体乳液都喝了。"

莫莉开到了水疗店的入口。她们最后用了一次电话（茗：海德先生的律师来了三条信息；阿萨：告诉安娜你会用你所有的谷歌币给她在天堂买个前排的座儿；泰萨：没有其他，只是别说了，妈妈）。然后她们都调到了飞行模式，慢慢开上了木制的车道。

她们开过了个草坪的斜坡，小路、凉亭、园子最近都整修了，以迎接夏季的繁盛。当然，房子就在前面若隐若现。她们很精确地勾勒了这一切——巨大的房屋结构，房屋很多，砖墙，还有当地采的大理石。正是这里的水疗会让安娜有好转，让一切回归正轨。一切皆有可能。老友能够创造奇迹，让安娜回家时面颊红润。

莫莉在停车场一停下车，就有人帮忙打开车门。

"欢迎光临，女士们。"他们热情地招呼，好像好几天来一直热切地等待着为她们服务。

茗抢到了男人们的前面去扶安娜，海伦滑到后面，和她一起搀扶着安娜。她们这样搀扶几乎让安娜的脚离了地，搀着她走进了前门，路上还一直和卡洛琳说着话。

莫莉冲着英俊的男仆眨了眨眼，然后慢慢地伸出了长腿，下了车。"不，没有行李，不用麻烦了。"她又眨了眨眼，把钥匙扔了过去。

五分钟

"海伦？茗？"他觉得自己像个傻瓜一样喊着。很清楚，房子里没人。就连狗都在鲁本开门的时候突然窜了出去。房子是空的，安娜不在床上，可是，他干嘛还要一步两个台阶地跑去撞开孩子们的卧室门呢？

他怕自己找到什么？

他把车停在海伦的车旁边。茗和卡洛琳的车也在。她们的旅行包放在门厅。

发生了什么事？

他走到厨房的操作台，到餐桌上找留言条，不放过任何明显的地方。起码的礼貌呢？留个条儿，就那么难吗？这就是她们的风格，不是吗？她们猛地冲进来，好像她们回到各自生活的这一周中什么都没有发生过。其实，最可笑的是，她们觉得自己是最重要的，丝毫不在意别人每一天的辛苦。

每天都很紧张。过去的三天，他就接到五次电话——"鲁本，你来一下"——或短信——马上来，要帮忙。不是真有需要鲁本处理的事，就是要他来扑灭心灵的大火。这不是隐喻。孩子们着火了。她的兄弟们又和临终医院较劲了。然后又为了那该死的狗。某天在五英里外找到了宙斯。次日，护士给安娜翻身时它又要咬护士。

无数个夜晚，鲁本倒在床上昏昏欲睡，极度疲劳，可两个小时以后刚迷迷糊糊要睡着，这时还想起有一次全家在伯利兹度假时安娜晒伤的脸。第一次潜水后他们坐着摩托艇回去。海天一色，湛蓝美丽。"那里有全世界。"安娜还唱起了歌，新添了红色祛斑的脸上满是自得。"你和我说过，我还不信。真美啊。"或者，他会突然被噩梦惊醒，她躺在医院的床上，身体缩得像新生儿那么小，一直在求他，"答应我，答应我。"

他走回卧室，也许那里有留言条。茗通常很认真负责。看在上帝的份上，律师啊。但是，没有。枕头上没有。没有人想到他可能会来这个房子，看见安娜不在，会担心。

唯一的线索是安娜的小毛毯不在床上。她总是用来搭在肩膀上和腿上的小毛毯。

鲁本却在床上发现了血迹，新鲜的血迹。

他知道不要担心。有事她们会打电话的。即便是血迹也不会是大事。她的皮肤很薄，有时棉质的衣物都会擦伤她。

鲁本抻了抻床罩，把团成一团堆在床脚的床单弄平。他按了下按钮，看着床垫移动、变平。鲁本躺在了医用床上。他又胡乱按了控制按钮，像个孩子一样按上按下。他快速地按，然后再慢按，再更快。如果说他现在想做什么，那就是在这间屋子里调节这张床。她曾坚持不要医用床。安娜用她一贯的厌恶的口吻说："不要。我不需要。"

"嗯，你是对的。"当她第一次按控制按钮把床调节到舒适的角度时，她对他傻笑道，"但也别因此而骄傲自大啊。"

他把四周的床栏升了起来。像个婴儿床。如果有人进来看见他怎么办？那又怎么样？这里曾经也是他的房间，虽然现在拖进来一些额外的家具，看着一点都没有以前卧室的样子，但是就在这个房间，做了噩梦的孩子会蹒跚走来；就在这个房间，她生病的第一年他曾在这里陪住；就在这个房间，他们吵架，以至分居，都很固执。

鲁本侧过身，把靠枕盖在身上。现在他已经不那么固执了。五分钟，他给了自己五分钟。要做的事太多了。他还是给了自己五分钟。其他人好像都在不慌不忙地生活着。"妈的"，安娜的弟弟米歇尔又签了一年的马拉松比赛，大部分时间都坐着火车四处跑，而不是和安娜待在一起。鲁本就需要五分钟来消消火儿。无论是否公平，他都生海伦的气。还有安娜。就是这样。生气。房间空了。她怎么可以这样做？她病了这么多年，他甚至都忘记了她生病之前的生活是怎样的。并不是他不记得，而是记忆会让人心痛。结婚的前几年，她那么美丽逼人。他总是要不够。多年如此。属于他们两个人的游戏。性爱之后她甜美的慵懒的微笑。看到病魔和药物折磨着她，真是一件可怕的事情。她的脸，她完美紧致的皮肤，已经变得干皱晦暗。她精致的耳朵，现在却耳垂下垂，无精打采。她不愿意变成这样。他抓紧靠垫，使劲按在眼睛上。

发光

"我叫闵迪。"一个长相可爱的年轻女郎轻盈地走来。"请问需要我做什么？"

闵迪浑身散发着一种可亲的、健康的光芒。甚至她的微笑都是那么柔柔的。闵迪身后的房间又大又亮。桌子上的大

222

玻璃碗里放着青苹果，一切都给人健康的感觉。

"吖，闵迪，给我们介绍介绍，有什么保健项目吧。"安娜率先说道。

"女士们有预定吗？"

"直接来的，宝贝。"安娜用嬉皮士的腔调说道，"那是我们的咒语。"

"我们想办日卡。"卡洛琳插话道，与埃利斯共度一周后，她锻炼得能够处理任何突发情况了。

"对不起，我们这里最少需要预定两个晚上。"闵迪保持着她温柔的职业微笑。

"我没有两个晚上。"安娜一只手挥舞着信用卡。"我就是海报上说的今日事今日毕的那种孩子。"

她轻松的嗓音有些提高。

甚至有点尖锐。

茗、卡洛琳、海伦和莫莉感到，自从她们开始"度假"，自从她们拼命地逃出小镇，自从她们以杰克·凯鲁亚克[1]的速度横穿整个州以来，安娜所有的热情绝不仅仅是见到儿时伙伴的激情，而是由于其他的原因。也许是鲁本曾提及的吗啡的作用。

1　杰克·凯鲁亚克（Jack Kerouac），美国"垮掉的一代"的代表人物。他的主要作品有自传体小说《在路上》等。

不是也许。看着安娜在水疗馆大厅，两只纤细的胳膊像触须一样在头顶挥舞，看着她用两根手指夹着信用卡晃荡，就很清楚她是怎么回事了。

她们看见闵迪警觉地扫视了一眼大厅。

她情况不好。她就像是只疯狂的纸鸢。她们真是蠢啊。

在前门处，有一群远足的人—— 一只手拿着登山杖，另一只手举着杯热巧克力——都停下了脚步。他们盯着安娜，吓坏了。

两个穿着瑜伽服的女士站在大厅中央，手捂着心脏。他们盯着安娜。吓坏了。

当然每个人都吓坏了。她们怎么可以带着安娜去其他地方呢？安娜现在也就只剩下了七八十磅。她就像是一个缩小的乖戾的孩子。

太迟了。

对闵迪而言也太迟了。任何一本礼仪手册中都没有提及如何应付这种情况。手册只会写：把你的焦虑、你的沮丧、你的厌食症或贪食症交给我；把你对健身的恐惧、对健身的疯狂、你的紧张、你的焦躁统统交给我。

可是现在是安娜——她窄小的脸上闪着愤怒的蓝光，消瘦的胳膊在空中挥舞，枯萎的身体像柔软吸水的水草一样移动着——礼貌接待，见鬼去吧——骗谁啊？——这种恍恍惚惚的、摇摆不定的生物任何一本手册里肯定都没有提到。

忘记责任。

不仅仅是健康中心让人扫兴的问题了。

两个穿瑜伽服的女人呆呆地站在那儿。

当两个笨重的男人走近时，闵迪很明显地颤抖了一下。显然启动了秘密报警装置。闵迪点头道："情况不仅仅是古怪。是911级的"。但是就在闵迪或是她受过训练的保安同事把女人们领到后面屋子去处理之前，安娜走上前去，胳膊垂了下来，信用卡掉到了地上。

"也许我们最好改时间再来。"卡洛琳伸出手扶住安娜，以防她摔倒。安娜挣脱了卡洛琳，突然向前冲去。

"陶醉吧？"安娜把手平放在闵迪的肚子上，"我刚发现。六个月了吧？我的孩子们都长大了。"

闵迪马上颤抖着一躲。她大声喘息。她试着推开安娜，拂掉安娜放在她身体上的手。

"哦，真好啊，闵迪。"安娜的声音柔和，但好像来自其他的世界。她的手还放在闵迪的腹部。

"你怀孕了，然后突然，闵迪，所有女人都跑来告诉你她们怀孕的故事，分娩的故事。然后孩子得了疝气，排队付款的地方会有陌生的女人告诉你在婴儿的肚子上放块儿温热的毛巾。你走的每一步，都会有个女人在帮你。"安娜闭上了眼睛，手还放在闵迪的肚子上。

"最亲爱的。"她说，然后就开始耳语。就像是咒语。

祝福?

最亲爱的? 茗用口型重复道，依次看了看海伦、莫莉、卡洛琳。挑了挑眉毛，她们都不知道"最亲爱的"是什么意思，但是她们都听到过她嘟囔过这个词。即使在家里，她们都以为她睡着了时，也听到过她嘟囔，"最亲爱的"。

她们得带她离开这儿。

闵迪大声喘气，忘记了哭泣。她们该等安娜自己把手拿开吗? 还是干预? 当然，闵迪已经吓呆了。得去解救，然后离开。

然后，安娜睁开了眼睛，闪着明亮的光。"就像是坐过山车，闵迪，做好准备迎接巨大的快乐。"

"她说得对。"海伦说，"别担心，闵迪，我们马上离开。"海伦继续轻声说道："我们只是想带她好好度个假。"

"对不起。"看着安娜摇摇晃晃，然后像一片湿透了的纸片，开始变形凋谢，四个女人赶紧围上去抓住她，闵迪哭了。

那样的生活

站在门厅，把出诊箱和背包靠在门框上，凯特看见鲁本睡着了。他蜷缩着，被子紧紧地缠在身上，手紧紧地抓着被子的边儿。他看样子累极了，深度睡眠，吃了迷魂药一样的睡眠。好像是她每晚给儿子读的故事书里的情节。鲁本就像是徘徊的顶着黑头发的"金发姑娘"。或者，如果故事书里有善良的狼的话，鲁本那暗哑的鼾声更像一匹善良的狼发出的声音。他的鼾声就像是台平稳而沉重的发动机。他不止一次撞断过鼻子。她能够从声音中判断出来。

床栏竖起来了。他弄的？一定是，是他竖起来的。看他的手指，痉挛性地抓着织物的边角，她记得这好像也是他的被子。他的房间，对，曾经是。他和安娜的房间。多久以前？她从未听说过完整的故事。甚至他们现在离没离婚都不清楚。那么就是"金发姑娘"在检测床的质量而不是要回归。会是哪个故事？

看着鲁本，她彻底忘记了安娜。谁在哪儿？发生了什么？

不，如果安娜到了最后的日子，凯特会接到电话的。这是条例写明的。凯特没接到电话。

她刚来时，还觉得终于安静了。和安娜单独待会儿不是件容易的事。她从来就想不到谁会突然进屋——那几个新来的女朋友，坚持干一些冒险的事儿，或是看着很开心，又或是总问些奇怪的、让人绝望的傻问题。每周末还有两个兄弟、姐妹，或者是两兄弟的妻子——她搞不清。还有孩子们，安娜的已经成年的孩子，当然还有侄女、表兄弟姐妹及他们的孩子们，都想来握着她的手。一次凯特来时，还有一帮中年男人挤在屋子弄什么爵士乐。

她要求他们离开房间时，每个人都怒气冲冲。她的兄弟们会说自己就是医生，总是挑战她。临终医院，好像临终医院是她的发明。她不得不一遍又一遍地解释。有些事情没有家人和朋友也许更好办。即便她坚持让他们离开，她也听见他们在外面逗留，宣示自己的存在。

她做这一行很久了，当然知道这泛滥的爱远比那些在公寓或是房子里孤独死去的人要好得太多太多。有多少次她努力寻找那些成年的儿女，把电话本都翻烂了，还得尽量保持平静的声音说："一下午的探视也有安抚的作用。你探视之后，他睡得好多了。"

但是安娜，她得过来把屋子里挤着的人赶走，把他们持续的爱的热情赶走。

鲁本翻了个身，仰面躺着。他的胳膊放松了。喉间还是有鼾声。凯特退到了门廊，不想尴尬，不想让人知道她在看着他酣睡。但她的眼睛无法移开，看一个健康的人睡觉真好，而且还是男人。看着他伸展着健康的、长长的四肢，有着安稳的、香香的睡眠。安稳，就是这个词，他的呼吸平稳。他健壮的胳膊伸展着。即便是粗重的鼾声也是一个健康男人的鼾声。呆了。她为什么就不能想看？看他脆弱的一面。没错，她每天晚上都看着她的儿子。但这不一样。这么亲密地看一个男人，感觉很好。

那天上午凯特来的时候，安娜不知道为什么想起了她结婚誓言中的一句话。她有些生气，有些激动，因为她想不起是从哪本书里摘录的那句话了。

努力了很久，感觉就在嘴边，可就是想不起来。"礼物什么的。"

现在凯特找到了这本书。她确定就是安娜要的那本，就在她的背包里。那天她去临终医院的另一家巡诊。给汤姆演示了如何自己调节氧气泵之后，他问她是不是找到了《沙丘三部曲》的第二部。几个星期前，他宣称在死之前要把自己的藏书全部再读一遍。"也许品钦[1]会让我早点进坟墓。"他又琢磨了一下。她扫视了一下他用胶合板在混凝土墙边搭的临时书架，然后去找他要的书。这时，她发现一个蓝色的书脊上写着简单的几个字——《来自大海的礼物》。

"借什么，拿走就行。"汤姆用他一贯的直来直去的方式说道，"我都不记得是哪个女朋友放这儿的了。"

不过她走之前，他说："如果她比我死得早，我还是要把这本白痴书拿回来的。"

凯特很期待把书交给安娜的那一刻。把儿子哄睡以后，她读了一点。她喜欢把这本蓝色的书捧在手里的感觉。简单的线条，真美。虽然她困得要命，但还是开着灯睡了，希望醒来时看到它就在身边。她努力猜测安娜的誓言究竟引的是

---

1 品钦（Pynchon），美国后现代主义学代表作家。

哪句话。她和鲁本说了什么，很多。整本书都值得引用。如果你拥有那样的生活。这本书假设每一个人都拥有长久的婚姻。

其实，读这本书心很痛。那种反思，那种生活，需要时间来培育。那是凯特不曾有过的生活。坦白说，她不知道谁能有那样的生活。

安娜想对鲁本说什么？凯特很难想象出安娜年轻时的样子。很难想象她健康的样子。她想象他们的婚礼时，她的脑海里是二十岁的鲁本——同样的卷发，更浓密，没有白发——但是旁边站着老迈的、芦柴棒一样的垂死的女人。

老样子。作为护士，这是她的失败。从垂死的面孔里，她看不到年轻的面孔。即使她照顾过的病人，仔细地跟她讲他们的童年——对着妈妈吹泡泡，和妹妹说话，六十年前家里的餐桌——她还是只能看到他们衰败的、脆弱的、垂死的身体，只能看到那些说着孩子话的、没了牙齿的挨日子的老人。

没有情感，这很可怕，她就做着这样的工作。看着他们走向死亡，她没有办法腾出时间在心中勾勒出一个生机勃勃的主体。即使是照片都堆在眼前——衣冠楚楚的样子，或是在河里漂流——感觉都像是假的。这是她不为人知的失败，缺乏情感，但对别人也没什么伤害。

也许她可以把必需品和书留给安娜，再留个条儿。放旁边的桌子上。不，那好像有些鬼鬼祟祟的。鲁本会知道她来过，看见他在医用床上睡觉了。知道她曾站在旁边放药片。即使她把东西都放在厨房操作台上，鲁本也会知道她曾经来过。

也许，他醒来看到这本书，知道安娜想回忆起自己曾对他说过什么，对他来说是件好事。或许他根本就不喜欢，很难推测。他把自己包裹了起来。好像一直在做事，手上总有要忙的活儿，口袋里总是装满了写满各种问题的字条。"如果难过了怎么办？"他曾经问道，凯特并没有马上反应过来他是指安娜而不是自己。凯特曾傻乎乎地把双手放到他肩膀上说："鲁本，这里有人帮你吗？"不是因为姿态，或是放在他肩膀上的手，而是她的语气，显得那么不专业。她到底要干嘛？他很得体地回答说："你看我有时间接受帮助吗？"

鲁本又翻了个身，冲着门。她屏住呼吸，期望他睁开眼睛。他咕噜一声，又沉沉睡去。

她出去了。走到大厅，路过挂着家庭合影的墙。不管安娜在哪儿，今晚药还是够用的。凯特想不出她们把她带哪儿去了，但是，那帮疯子，什么事都干得出。

凯特还会回来。等巡诊结束了再找机会。但是她已经答应了儿子，要和他玩棒球。学完投球之后，她还计划教他如何保养手套。

书的事就明天上午再说。她会把所有人都赶出去，还会说服固执的安娜吸氧。然后她会给安娜读书。多待一会儿。等她想起书中重要的段落。让安娜读给她听，鼓励安娜把整段都读出来。她背诵誓言时，她会仔细看安娜的脸。看她是否能从安娜的脸上看见什么，想从这位相信爱会持久的女人这里学会抱有希望。

下一站

"下一站马丘比丘。"莫莉把车停在野餐桌旁时宣布道。

茗马上就行动起来，从后备箱里拿出了口袋和篮子。"我们家大厨准备的。"她说着像大厨一样鞠了一躬。事实上，他准备的东西太多了，就差备一头驴帮着运上山了。她都快拿不动了。也许她们去水疗馆有点远。安娜那会儿想出去，想度假，一定有什么深意。

茗抖出了红格子餐桌布，铺在野餐桌上。篮子里是塞巴斯蒂安摆得整整齐齐的金属餐具装的食物——肉馅卷饼、菠菜培根煎蛋饼、切片西红柿、瓜、山羊芝士、蒜香烤面包。

当茗在布置大餐时，海伦沿着池塘边，捡些干树枝，折断，然后又去捡一些嫩枝和灌木枝，等待在野餐桌旁边点火野炊。一开始火苗有点高，后来等火着得平稳之后，海伦和卡洛琳两个人双手互扣，用胳膊搭了个椅子，莫莉慢慢地从车后座上扶起安娜坐了上去，把毛毯搭在了她的肩膀上。

"你还好吧?"海伦问道，可她自己也不清楚到底什么意思。但是，事情是不是已经解决了呢？也许不像茗说的那样彻底改观，但还是会有她希望的奇迹发生不是吗？安娜从床上起来了，还坚持出门。安娜带着她们去进行了一次冒险，还要有下一次——上帝保佑她——闪迪哭，安娜还安能慰她。安娜看来是为了这次冒险事先吃好了药。

莫莉一只手放在安娜的腰上，另一只手环住了她的脖子，她们走向野餐桌。她们把安娜安置在凳子上，她稍一倾斜，就扶正她的身体，莫莉就坐在她的身后，拥着她。

"我拥有你喔。"莫莉轻轻地说。坐在安娜的身后，莫莉知道，她是唯一拥有安娜的人。"有件事我得告诉你。"但是在她开始讲述校长办公室的会面，还有在看到女儿可怕的文身时的感受时，她听到了安娜的声音变粗了。安娜好像每吸一口气都很困难。莫莉试着和她一起呼吸。安娜会说，别大惊小怪，就是个冒傻气的文身而已。莫莉用羊毛毯子裹住了安娜的肩膀。你没有失去她，你是个好妈妈，安娜会说，还会给她一个坚定的眼神。现在，扶着安娜的后背，听着她在努力地呼吸，也许只是知道她会说什么，这就够了。

"开吃吧，女士们，绝对是米其林水平的。"茗宣布道，"你想吃什么，安娜？"

"我看你们吃。闻着还真香啊。"

"好吧，那你准备好听我们一周的故事了吗？"卡洛琳向前探着身子，双手扶住桌沿。她在等着茗给莫莉和海伦端上锅里煮的汤。

　　春天的光照在地上，给帕弗家的池塘笼上了一层氤氲。沼泽鹟鹩和春雨蛙的合唱，伴着啄木鸟时断时续的敲击——一派春日的繁忙景象。

　　"都别抢啊，我是本周故事大王。"卡洛琳说，大家都在等她的故事。这就是以前她们常在一起做的事情。讲述和聆听。任何一次度假，无论开始时如何，最后的节目都是如此——通过讲述，让她们的生活更加有血有肉，她们有讲述的需求，这就是发生的事。为了快乐而讲述。做彼此生活的见证者。

　　"是上周四，"卡洛琳开始了，"接到了杰奎琳·布维尔的电话，但要求我付费。"

最后期限

　　"可以帮我一下吗？"安娜缩回了莫莉的臂弯。

　　"当然。你要什么？"莫莉靠近了安娜，茗把剩下的食物包了起来，海伦把火扑灭。池塘上的光变成了金色——魔幻时刻——周围的桦树和松树都闪着光，色彩缤纷。

　　"我设定了一个最后期限。"安娜口气郑重，"如果到时候还不结束，我想借助药物。赛瑞纳能帮我吗？"

　　卡洛琳整理果皮的手僵住了。

　　"那是违法的。"茗啪地一声合上了野餐篮。如果她不能成功说服安娜，她就要用法律武器。

"我知道，茗。"安娜回应道，"为了孩子们，我不希望鲁本搅进来。我是问你们四位，如果我需要，你们会帮忙吗？"

"赛瑞纳不行，"茗正式宣布说，"她不能。我不能，我是律师。"茗望向海伦。海伦一直蹲在火堆旁边，背对着她们。湿木头发出嘶嘶声，灰色的烟腾了起来。

"我会问问赛瑞纳。"莫莉知道赛瑞纳会说不。一定。但是莫莉知道其他的医生，奋威社区医疗中心的同事，有人认为这是件对病人有帮助的事，愿意冒险。"是的，安娜，我会帮你。"莫莉很高兴自己是第一个给予肯定回答的人。

"无论你需要什么，我们都会帮你。"卡洛琳缩了缩脖子。"这很难。"她身上的每一块训练有素的肌肉都是用来拯救别人的，不是吗？

"这个忙不容易帮。"安娜说，"但是不知道是两天还是三个月，这很傻。说再见说得我都老了。"

"海伦？"茗的声音颤抖，带着哭腔。现在是二比一。

"我尊重你的选择。"海伦轻轻地说，心如刀绞。她理解。她们不需要每天来帮助安娜。按天，不是按周算了。这很明确。安娜需要知道的就是，她不是一个人。这很重要。

海伦走过去，用胳膊环住了茗。她把脸埋在茗的头发里。

"我们会帮你，安娜。"海伦再次说道。

幸运

贾瑞特看到小臭鼬时正驾车在公牛山路上行驶。白天见到臭鼬不容易。倒不是完全不可能——他曾见过几次。但是，这次有些不同。也许不是臭鼬。从远处他看不清楚是什么。水貂？貂鼠？这个动物毛茸茸的，长得不太壮。他减速。也许就是只傻猫，停在路中间。他听到有车从山上驶下来。大家都把公牛山当做捷径，开得飞快。年轻人还喜欢飞速转弯的刺激，就像在玩电子游戏。每年都有白痴丧命。

他按了下卡车喇叭。提醒山上的车，也提醒臭鼬。其实，他没时间管这些。他已经晚了。他要接儿子，不能迟到。还因为丹妮拉根本不给他解释的机会。晚接两次就说他是游手好闲的爸爸，什么词都敢用，好像她真明白词的意思似的。游手好闲，卡车的后面堆的都是他们家盖房子要用的木头。他要亲手盖自己家的房子。他负担这房子的电费贷款以及其他费用。丹妮拉曾说这房子是她梦想中的房子。就是在这个梦想中的房子，她却差点儿要求他离开。对他而言，和她在一起的这些日子就像是一场没有及格的考试。操作台上堆着杯子，地毯上有泥，这还只是表象。好像突然之间他们的问题能列一个十页纸的单子。更糟的是，还不允许他看单子上有什么。他想说，来，丹妮拉，我们往好处想想。可是这些日子以来，他好像没说过一句对的话。好吧，他不是这个世界上能说惯道的人，当然更不是诗人。好吧，他还有很多要改进的地方。谁没有？如果她希望他多分担家务，他愿意。她说她给每个人做饭都做恶心了。好吧，他可以做，不过不敢保证味道。没有比丹妮拉嫌弃他做的饭这事更有趣儿了。以为她喜欢烹饪，难道是他错了吗？他现在只会做早餐——煎蛋、培根、吐司和土豆，这他承认。但是，这也不意味着他就不可救药，是吧？好像她也不是全因为这个。难道她看不见孩子们很害怕吗？

　　昨天，他去学校晚了，欧文跳到卡车的驾驶室里，对贾瑞特说："别担心，爸爸。我刚出来。我会告诉妈妈是我的错。我帮着布朗夫人打扫兔子笼来着。"可怜的孩子满脸严肃。

　　然后在公牛山，有一辆车在他的前面来了个急转弯。它以惊人的速度冲了下来，好像无法停住躲避路上的动物了。贾瑞特可以断定是女司机。她会不会撞到他的车？还是她会撞向路边的白松隔离带？两个都没有好结果。他的手一直放在车喇叭上，看到那车在刹车，和那女人扭曲的脸。动物蹲下了。他明白是狗，不是臭鼬。一只小狗。"别往树那边拐！"他喊道。车窗关着。然后车滑了过去，留下一条红红的印迹，在他后面停住了。

　　他下了车，气喘吁吁，心怦怦跳。潮湿的空气灌进肺里，他咳嗽起来。迈了三大步上前把狗抱了起来。狗的心脏狂跳，传到了他的手掌上。是安娜的狗。她那不当做狗而是当宝贝来养的狗，是乐队送给她的。它在这干嘛？至少离家三英里远。

"没事的，傻瓜。"他像拿着足球一样捧着狗。它一会儿就会好的。

贾瑞特向那辆红色的车走去。他认出了那个女人。她蓝色的塑料眼镜，稀疏的头发绑成两个髻，让她看着像个孩子。但不知道她的名字。她是本地人。食品公司的人？学校的人？不太清楚，但是好像在哪里见过她。他敲了敲车窗玻璃。女人的手紧紧抓着方向盘。她穿着羊毛夹克，瞪着贾瑞特，不敢相信自己躲过了一劫。他打手势让她摇下车窗。

"干得漂亮。"车窗摇下一半时贾瑞特说，"没事儿吧？"

"天啊。"

"你简直是印第安纳波利斯 500 英里大赛的水准。职业选手？"他试图开了个玩笑。

"我是素食主义者。"她哀怨地看着贾瑞特。她的眼镜歪斜，手指还抓着方向盘抖个不停。

麻烦，太麻烦了。

"素食。有意思。那你干嘛开那么快？"他想逗她笑，缓解一下恐惧情绪。得让她情绪稳定后再往前开。

他得走了，得赶去学校。杯架上还有给欧文买的巧克力奶昔呢。然后他们会卸下木头。他要做晚饭，也许让欧文帮忙，就叫男生做晚餐给女生吃吧。

"好了，别担心了，"他说，"我会照顾这狗的。"他手松了一下，拍了拍宙斯。让那女士看见这狗没事。"它没事，"贾瑞特说，"没碰到。"

那女人看了看他，眼镜斜挂在鼻子上。

"狗的心灵受到创伤了。"她的眼神感伤。没幽默感。害得他想推她一下。白痴遇到了白痴情况。能说他逃生有一套吗？能说他喜欢马路杀手吗？分不清。松鼠，还是狗。

"狗的心灵受到创伤了。"她重复道。看样子要哭出来了，眼镜都雾蒙蒙的了。他是应该安慰她。听她说说对动物的情感。可他得赶去学校。

"哎，很幸运。你真的干得漂亮。"

"人要死的时候，狗是有感应的。"

她的话戳到他痛处了。

闭嘴。他需要她闭嘴。镇子很小。每个人都是中心，有自己的故事。权当他们感情丰富吧。对任何事都要发表见解。在她说出让贾瑞特抓狂的其他傻话之前最好还是闭嘴吧。他真想放狗咬她。每天他都在情绪失控的边缘。放纵一下自己感觉一定很好。别再苛求自己面面俱到，别再苛求自己充当好市民、好丈夫。撕碎这个女人的嘴，感觉一定很妙。

当然，还得克制。

"你很幸运，女士。"贾瑞特逼出了一丝笑容。他把狗揽在臂弯里，跑回了自己的卡车。

"嘿，傻瓜，好好坐这儿。"他给狗系上了安全带。狗缩成一团，看样子把车当成了自己的家。

"嘿，傻瓜，我们去接欧文。"贾瑞特似乎看见了儿子惊喜的表情。巧克力奶昔和狗狗。还有更好的吗？两样东西很普通，普通最好。

"我在路上，"贾瑞特大声唱道，然后又用布鲁斯的调子唱起来，"我在路上，和一只叫宙斯的狗。给我只小狗，他的名字叫宙斯。它摇摇毛茸茸的小尾巴，我的心乐开花。"

感觉真好。感谢上帝我们有蓝调，感谢歌曲。帮助多少人走出阴霾。

也许他会晚几分钟，但他会到学校。他好像已经看到了儿子阳光般的微笑。那小子跨进车里看到宙斯的时候一定会开心地大叫。

秘密

电话的振动和铃声惊醒了鲁本。他睡了多久？屋子里暗了下来，雾蒙蒙的灰色的光透过窗子照了进来。他做了个梦，可是已经记不清了。但是好像有铃声。门铃？

铃声又响了。他翻了个身，从牛仔裤兜里翻出了手机。

鲁本想——等会儿——让他们发短信吧。但是是朱利安的来电。他答应过孩子们接电话的。他也就能做到这些了。鲁本没有什么新消息告诉他，除了妈妈不在家。上帝知道她在哪儿。上帝知道怎么回事。她已经有两天根本站不起来了。有一天没说话了。但是，嘿，她的朋友们，她那些自以为是世界上最好的朋友们，肯定是决定干点大事，把她直接弄走了。谁知道她们在哪儿？什么时候回来？她们根本就没回他的短信。他发短信了吗？还是他只是想了想：你们到底在哪儿？还没发就睡着了。

"嘿，小子。"鲁本高兴的是他儿子看不见他坐在病床上。

朱利安在电话那头很安静，以至于鲁本都怀疑是不是掉线了。

"什么事，儿子？"

"我有事要告诉你。"儿子的声音很陌生。总是这个样子，甚至在朱利安小时候，他的声音就总引起鲁本猜测，尖声大笑，紧张的高低起伏，偶尔的口吃，虽然鲁本有很多时候猜不对，但鲁本总是觉得他能从儿子的腔调里猜出个一二。以往，朱利安都会焦急地问："妈妈怎么样？"这次他却刻意表现出成熟男人的冷静："你好吗，爸爸？"

"好。我听着呢。"鲁本从被子里把一条腿伸了出来。四周的床栏摇了起来，让他觉得有些热，但还不想打扰儿子的电话。

"我和妈妈说过。一个秘密。我还没告诉你。"

鲁本想打断他。想说，没事儿。他还是有点嫉妒——这让他觉得自己像个傻瓜——安娜知道孩子们的一切，可他却一无所知，让他很受伤。她总是会霸道地笑着说："这是妈妈的权利。""公平吗?"他会说，而她只是耸耸肩。"和公不公平没关系。因为是从我肚子里生出来的呀。"

"你不用非得说出来，朱利安。我不需要知道。"

"我们失去了它，爸爸。"

鲁本环视了房间一圈儿，想找个焦点。光线昏暗，家具的轮廓都模模糊糊的。

"我们有了个孩子。我告诉过妈妈。"

"哦，朱利，我很难过。"

鲁本得站起来，特别想站起来。得下床，可床栏挡住了他。摇下来太麻烦。

"我们失去它了。我不想告诉妈妈。"

鲁本在床上跪了起来，然后爬了出来，先是一条腿，床栏摇晃着。后一条腿被卡住时，他使劲儿拽了一下。他走到卧室的窗前。院子需要打理了，绣球花需要修剪了。他应该一会就去。那个老树屋呢? 梯子都烂一半了。

他的儿子描述了去医院的过程。朱利安用了所有的新词：超声波扫描、异常心跳、扩宫宫颈刮宫。

"医生说我们可以再试。"

"一切都会没事儿的。"鲁本说，自己也知道说得不在点子上。

鲁本从没想过他的儿子会成为父亲。或者说，即使想过，也是很抽象的概念，会是很久以后的事情，是将来而不是现在。现在他好像看见了儿子的儿子的样子，还有新生儿特有的卷发。鲁本早就知道会是这样的长相。就像是他的翻版。这是照片中的形象，鲁本抱着哈珀和安迪，才一个小时大，躺在鲁本臂弯中的包裹里。他弯下腰，好像在欢迎他们来到这个世界。

"我不知道怎么和妈妈说。"

"你知道。她喜欢听你的声音。"

"那样可以吗？对妈妈说谎？"

就是"妈妈"这个词，让他最大的孩子在十岁时逼迫自己长大。

"这不是说谎。"鲁本说。

他随手打了一张夹在窗框上的卡片。随后见。表达希望的卡片。安娜以前的学生寄来的卡片太多了，来自全国各地。消息传播得很快。那些成年的学生写，亲爱的 S 夫人。他们感谢她让他们爱上了数学。给她寄来他们在山顶的照片。鲁本打开一个卡片，心形的边框里面满是密密麻麻的小字。谁写了这么多？谁会以为安娜想读这么多字？

安娜没有拆开的信让鲁本整整装了两口袋。

对不起

在她们拐出池塘的停车场前，女人们都打开了手机。一时间铃声大作，信息都要把屏幕挤碎了。有些信息看起来还不那么愉快。

"我们麻烦大了。"海伦宣布。

"你总是担心有麻烦。"莫莉说，大家都应和，想起了四十年前海伦的那些道歉。

"他们都在家等我们呢。就差惊动国民警卫队了。"

"这太棒了，好像又回到了十一年级。"茗说，"我希望可以安全着陆。"

"你们还笑。想让我念念鲁本的短信吗？"

"惹麻烦之后我们得安全着陆，我得和每一个人谈谈心。我需要帮助。"莫莉说。手机上有泰萨的一条短信，紧接着又是两条。

"他很愤怒。还有很多人都生气了。"

"我们给你打气，别向任何人道歉。"卡洛琳嘲笑海伦，"别露出一点心虚的样子。"

"你怕什么？"安娜把手伸进了海伦的手里。

"我们至少该留个条。"

安娜把海伦的手指一个个捏了一遍。"你到底怕什么？"

244

"没有你的世界。"

车里静了下来。甚至发动机都静了。

"而我还得要在这个世界上活下去。"海伦想看着安娜说，可是她不能。她望向窗外。已经没有亮了。所有的光都在白天用完了。

茗在前面痛苦地叫了一声。

安娜放在海伦手里的手冰凉。海伦伸出了另一只胳膊，把安娜的手握在自己手里。

"都会过去的，包括你的悲伤。"安娜说。

路，修剪过草坪的山，一排排的树，矩形或方形的谷仓——每一样在这个时刻都柔和了形状的线条，远处无尽的黑暗中还有点点红、蓝、绿的光在闪烁。

还有她的世界就是一幅微光尚存的画。

海伦不能看安娜，还有一个原因。因为安娜什么都知道。什么乖乖女，善解人意，海伦其实也很毒舌。她总是开玩笑说艺术家都是同类相残，他们是抢劫者，残酷竞争。而且安娜知道海伦也做过，她曾画过悲伤的唐纳山口。现在，四周一片黑暗。山峦就好像是大地的肿胀物。车行驶在路上，前大灯划破了路上的黑暗。

"你怕吗?"海伦问。

海伦从不曾这样问过，在安娜治疗和复发的这许多年里，海伦和老友们都坚持不问这样的问题。这是一种默契。

答案太明显了，每一刻都会有不同的担忧。当肿瘤不变小时，当找不到合适的捐赠者或身体配型不成功时，或者当出现感染、脓毒、肺炎、充血性心脏衰竭时。每一次治疗引起的并发症。每一次可怕的复发。即使在安娜看来很健康的日子里。那种没有说出来的答案一直都在——像使小性子的壁花，就像是个漫不经心的教徒一边打着任天堂[1]一边等待着圣战的召唤——大家都好像喘不过气来，因为安娜的健康卡已经被填满了。是，我要去华盛顿山远足；是，我要开车去阿默甘西特；是，居于最突出的地位；是，我不但要参加自己孩子的毕业典礼，还去参加茗的女儿莉莉的。每一个"是"，都是生的机会。

"你怕吗？"海伦重复道。现在，最为重要的是，海伦需要听到安娜的回答。茗侧过了脑袋，莫莉瞥着后视镜。海伦清楚，其实她们都不知道。她们太害怕了。没有人敢问。

但是海伦知道答案。自从两周前到安娜家时就知道了，而且开始了她坚持不懈的请求，请求安娜活下去。从池塘回来后，她知道，如果安娜请求，她一定会帮她实现计划。这些年来，海伦好像一直在帮助安娜摆脱恐惧。当时安娜不怕。这一次，安娜又抢在了海伦前面。一直如此。男朋友、嗑药、婚姻、孩子，即使是流产。一次又一次，安娜走在前

---

1 任天堂（Nintendo），日本电子游戏公司及其开发的电脑游戏名称。

面。现在是这个。

安娜开始呓语。她是在呼吸吗？睡着了吗？是她们一整天听到的吗——安娜发出的声音，好像是内心活动的苍白流露？海伦想确信她到底嘟囔了什么，但还是没能听清。

"对不起。"海伦轻轻地抚摸安娜的手指，"我不知道该怎么办。"

魔力数字9

9这个数字有如此的魔力。我肯定告诉过你关于丹麦，关于9的把戏。

哦，你会用这个数字让每个人惊异吗？它真有魔力。

先来一个简单的：

找一个数字乘以9。把得出答案的每一个数字相加，看，9。我想你明白了，但还是举个例子：365乘以9，等于3024，3加2加4，等于9。

再来一个：随便选个数字——345——打乱——534。用后一个数字534减去354——再把得数相加——180——1加8，看，最亲爱的9。

你试试。

嘿

海伦穿过厨房门拐进房子的侧面，安娜在她的臂弯里。

她警告过其他人，但她们好像对屋里的人群和浓重的披萨饼味并没有准备。感觉也太怪了。显然，她们已经被这些人骂过了，审判过了，甚至绞死过了。

"嘿！看样子我们错过摇滚乐派对了！"海伦变得很大胆、很喧闹的样子。声音里满是傻瓜式的感叹。她知道该保持这股泼辣劲，让她的朋友们意想不到。

"嘿，嘿！"茗胆怯地应和着海伦。

莫莉和卡洛琳也加了进来，但声音微弱。

海伦有种初战告捷的感觉。她等不及其他人的声援了。"你们怎么和小绵羊似的。"她打趣道。

可是，看着鲁本、蕾拉、康妮还有约翰，还是有些难过。让他们那么着急。还有角落里的贾瑞特，正茫然沮丧地摆弄着安娜的吉他。还有几个谷里的朋友，海伦虽然见过几次，但叫不上名字。有一位是安娜合唱团的。

就把他们都叫做安娜吧。小鸟安娜，小兔子安娜，就这样吧。

他们看样子都很吃惊，有种受伤的感觉，嘴巴张开，合不拢。

"安娜和我们去探险，累了。我去帮她洗洗睡了。"海伦回避了他们恼恨的目光，冲她的朋友们咧嘴一笑。就让她们三个回答问题，接受审查吧。她们已经发誓不把她们度假的事说出去。

她冲安娜微笑了一下，紧了紧胳膊。安娜还在呓语，但即使她的意识在其他地方，海伦明白，她已经知道回家了。她知道海伦要面临挑战了，这也是她的乖乖女朋友该受的一部分——这么说没有任何贬义。安娜非常了解屋子里的每一个人。

带上派对包

她能感受到屋子里的一切。即使闭着眼睛。屋子里有这么多爱。丰裕。她所爱之人和她的家带来的满足感。闭着眼睛，她把起居室里的每一个可爱的物件都扫视了一遍。她可爱的物件。他们不理解她只是先他们一步。可爱的朋友们，可爱的物件——都这么坚持。所有闪耀的明媚，所有坚持。现在，这个热衷派对的她不能参加现在的派对了。一定要有派对包，包里装满派对的气息。求你带回家去，带上派对包，她想，在你离开之前。

私密

海伦帮助安娜坐上了马桶，把她的棉质护腿拉下来。然后站在她的身边。

"要一会子呢。"安娜道歉道，身体靠着海伦。

"我有一晚上的时间。"海伦吻了吻安娜的头顶，"度假真棒。"

"是吗？"安娜的嘴唇动了动，但眼睛还闭着。

然后传来叮叮的小便声。

微笑划上了安娜的唇。"感觉真棒。"

海伦递给她叠成方块的手纸。"简直不敢想象。"

"想象是你的长项啊，海伦。"安娜用纸轻轻擦了擦，随后扔了。

夜间的药

安娜烦躁、抖动，浑身起了疙瘩，四肢怎么放都不舒服。海伦关上了窗户，在灯上罩了块布，希望绿色的光能让安娜舒服一点。她盼望茗和其他人会进来。一整天她都希望能和安娜单独待着。可是现在，她需要其他人。

"我能怎么帮你？"这个问题本身就显得那么无助。也许到安娜吃药的时间了。就按海伦看见护士做的，在她的舌下放一点。她不知道放什么，放多少。她不想出去求助，尤其不想问鲁本。

"你妈妈。"安娜动动手腕。她的手指伸出又缩回，好像在拨弄面前的什么东西。

"我妈妈？什么？"

海伦在安娜的腿下垫了一个枕头。但是安娜却把腿踢出了毯子——枕头掉到地板上——然后又缩回去一点。

"和我，说说。"

海伦不确定要说什么。安娜什么都知道。

"你记得——她知道我生她的气了。这个事缠了我好多年。但当我自己也当了妈妈，我明白了孩子偶尔也会生我的气。然后发觉妈妈也知道。当露辛达和瑞思迪发脾气时，我就提醒自己，我妈妈以前也是这么忍着我的臭脾气的。妈妈这么说时曾经让我气得发疯：'你不能自己收拾包吗？'现在我自己有了脾气这么暴躁的孩子，我才明白。"

"我还以为你永远都会气下去呢。那时我们太年轻。"

海伦明白安娜说每一个字得费多大的力气。

"但你生活得很好。"

"还行。"海伦当时就和现在的安迪、哈珀一样大。

"他们没事儿了吧？"

海伦在床上躺了下来。她调整了一下姿势，让安娜也能靠着她。她能感觉到安娜的骨头磕着她。

"他们没事了，安娜。他们已经好了。"

卧室的门被打开了一点，海伦示意她们进来。茗和卡洛琳坐到了椅子上。莫莉弯腰在桌前准备晚上要用的药。

"真的？"

"你知道的，安娜。你就像是他们肚子里的虫。"

"我死了以后，也要一直这样告诉我啊。"

神圣的比例

第 9 列与第 10 列之和等于第 7 列的 11 倍。你好，我的朋友斐波那契[1]，遇见了最亲爱的黄金特征 1。而且，总是 1.61。第 10 列除以第 9 列的商。你好，欧几里德。安娜跳跃的思维总是指向黄金分割比。

1　斐波那契（Fibonacci），意大利数学家。

还是 4 月

1

爱国者日

他在吗？有人有米歇尔的消息吗？安娜的家里接到了这样的电话。这就是了。一直有人陪她。但是安娜家，电视关掉不用了，可能插头都被拔掉了。同样的问题，同样的问题。他去波士顿了吗？大家都知道他在集训。他做得够大的。但有人问米歇尔这么做是不是为了纪念姐姐，他坚决说不。不仅仅是坚决，好像这么问的人就是傻瓜。"我是为我自己跑，谢谢！"听起来很自私。就是这样，就是自私。为了自己，每天早上他都打开跑步机，练习加速跑和慢跑交替，锻炼耐力，就是为了松松大脑的螺丝，单单关注身体。长跑之后，无论身体多么疲倦，都有一种兴奋的感觉。你无法抗拒，那么鲜活。"有些冒险。"他说，把电话交给他妻子费莉西蒂。他把电话留给费莉西蒂，他就可以超越时间。可以回到维吉尔时代。或者任何一天。每一天都是一个小时接着又一个小时。"洞见。"米歇尔说。如果在他失联期间,那件事情发生了,他也可以接受。每个人都要有自己的生活。把自己的生活调节成随时准备接到关于安娜的电话,不可忍受。现在,起居室里那个接着有线的电视打开了,声音调低了,以免影响到安娜。她现在还能听见多少?安静。皮肤上扑了爽身粉,身体旁边倚着枕头,她蜷缩在床上,有时也会突然坐起来,神志清醒。"我也不是十分确定。"播音员说。讲故事的惯用伎俩。不断重复大家都知道的新闻。两万五千多名参赛选手。最古老的马拉松。手提录像机。身体重心向下。滤过的光。沉闷的喊声。有人受伤。障碍栏倒了,歪向一边。伤了腿。过来了。让他们进来。让他们出去。"他没事,"接到每个电话时,他们都这样说。"是米歇尔,"有人说,"他会没事的。"

配对

费莉西蒂看着手机——她的、米歇尔的——放在桌上。

定位

佳得乐帐篷里,听到了一声巨响,声音大得像体育馆倒塌了一样。这个常发生。边线问题——这居然有个官方的非官方名字。边线问题。总会有某人的胖叔叔或是某个孩子让妈妈们飞奔到当地的急诊室,或是因为中暑或是骨折。

"也有时是傻瓜点蜡烛造成的。"那女士对米歇尔说道，"使劲儿呼吸。"她用手掌轻按着米歇尔的脚跟。米歇尔感觉她就是个移动着的物体，但是很有必要。食物，按摩。他获得了VIP级的照顾。尽管这个女士已经不再是跳肚皮舞的少女而是奶奶级别的了，但她的手还是很特别。他要用她的手法给费莉西蒂按摩，让她嫉妒。"你就穿着小短裤趴着，让她摸遍你的全身？"费莉西蒂晃着头，声音里满是试探。很有趣。他有理由骄傲，给自己伸伸大拇指。比自己的记录还快了两分钟，比对手快了二十分钟。可怜的杰克跑完14英里时被撞到了，但还是一瘸一拐地坚持到了终点。现在他们两个都是王子，都享受着VIP帐篷里的按摩服务。

第二声——"什么……？"米歇尔坐了起来——是垃圾桶像多米诺骨牌一样倒下了吗？不是爆竹。他动了动按摩床上的腿。起来，跑到桌边。空气中满是刺鼻的气味。

杰克也站了起来，跳着，指着帐篷外面挂着的监视器。在那儿，就在外面，充斥着混乱和尖叫，有两个男人跪下了。"我们需要帮助。"

"我该……"米歇尔想说帮忙，出去帮忙。他是医生。但他不能说，他动不了。他捶捶胸。"我该……"他几乎喘不过气来。

杰克神情紧张。"算了，伙计，我们出去。"说完拉起米歇尔。屏幕上漂浮的烟让帐篷里充满了化学品的气味。他们出去了。杰克指了指移动的人流，人们都在努力向前。杰克的手扶在他身上，每向前走一步都靠着米歇尔的支撑。米歇尔不清楚往哪里走。杰克一直在指导他，好像是山中向导。小事情，不会有坏结果，但是很重要。

2

新闻

米歇尔回家了，安全了。他们一直在追踪伤亡数字和目前状况。在去安娜家的路上都要听新闻。回家后马上打开收音机。

全员警戒。全天候警戒。

杂货店的通道，牙医的椅子，倒杯橙汁——他们会在哪里？

在家，红灯绿灯，他们的生活在继续，或者尝试着继续。总是有很多杂事，很多约会，很多账单。一整天过去，马上又想起来了。安娜怎么样？不得不承认："我不知道你怎样，反正我几乎不知道怎么生活了。"

终于

鲁本用脚勾住病床下的铁栏。他感到很高兴，为这份安静，为照进屋子的朝阳，为在她桌子上认出的一本书。"走吧，走吧，"他对其他人说，"我们不能一天都耗在这儿傻等。"然后推开了挤在床边的杂乱的椅子。只有安娜呼吸时的咕咕声儿，他确保她很舒服。她呼吸受阻、停顿，然后重重地吸气，在张开嘴巴吐气时，他会把目光从书上移向安娜。他看着她睡。一整个早上，他都在看着她，她睁开了眼睛。他轻声说："是我，只有我们俩。"

3

4 月 20 日

新英格兰四月如脂的阳光穿过高高的窗子，照在教堂房间的前面。海伦向外看去，看到了许多张面孔，每张面孔上都写着安娜是他们的安娜。坐在教堂前排长椅上的人，还有楼上包厢里的人，脸上都写着我的安娜，一个安娜的万花筒。在过去漫长的岁月，在每一个特殊的故事里，对于屋内的每一个人来说，她都在。

当然，她也不仅仅是那个安娜。

海伦欢迎着每一个人，解释下午的安排。"这么多人都想讲，"她轻轻地说，"但是安娜让我保证过，不要让追思会太长。我们都知道，还是不要违背安娜的意思才好。"事实上，她更愿意宣布，安娜让我发誓这个追思会不能长到我们都想死。

"重要的是，"海伦继续说道，"我们每一个人都想想，对于安娜而言，我们是谁，无论我们多么特别，但是在安娜的生命中，最最重要的，比任何人都重要的是她闪耀的光，她生活的动力。"海伦闪到一边，让朱利安、哈珀和安迪站到前面。

然后是安娜的兄弟们米歇尔和罗伯特，挽着彼此站着。"我们的大姐……"罗伯特开始道，米歇尔跟跄了一下，健美的长跑运动员的身体缩成一团。罗伯特拉了一下他的胳膊，把他拽了起来，继续用温和清晰的语气说："当我弟弟和我年轻无知时，我们的大姐让我们加入了她的俱乐部。她让我们培养了吸引女孩子的魅力，让我们成为好人。那就是我们的姐姐送给我们的礼物。她让我们每一个人都变成了最好的自己。"

米歇尔开言道："这周我见到了最难以置信的事情。"他没有谈及爆炸的事情，那件事最近的五天以来被一遍一遍地谈及。他只是昨天没有提及，当造成爆炸案的两兄弟在一条船上被逮到时他的心情。现在，他幽默而深刻地把这周他听到的自己的孩子、侄子侄女、所有的朋友、安娜以前的学生——所有关于他大姐美好的、令人难忘的评价进行了归类。"她把她自己给了我们，"他说着靠近了他的兄弟，"你们帮我看到了她在你们心目中的样子。"

海伦请上周五妇女团体——手挽着手，用珠宝和丝带连接着彼此——她们晃动着身体。歌声在继续，继续。好多首诗，关于希望，关于雨滴，关于爱情，关于潮汐。更多的诗，关于风和海洋。蕾拉坚持这是安娜最喜欢的歌。真的吗？你真的喜欢这首歌？海伦想，是就是吧，这个新的雷人的事实，而且死无对证，海伦不会私下向安娜求证，再也不会有和安娜共处的机会了。

海伦用目光寻找了一下阿萨。他就在那儿，最后一排，站得笔直。她知道现在他的脑子在飞速地转着，想着那些曾让安娜捧腹大笑的笑话。阿萨相信，悲伤的话不适合他和安娜的交集。他的脸上挂着几乎看不见的微笑，海伦知道，也是为了让她镇定。但是大多数时候，阿萨都是满嘴俏皮话儿，努力让安娜的心灵得到慰藉。

然后海伦请上了鲁本，那个法律上不再是安娜的丈夫，但现实中依然是丈夫的男人；那个三天前的早上，在他们曾经共同拥有的房间里，独自陪着安娜的男人，握着她的手，直到最后一刻。

海伦请上了干细胞捐赠者。他不愿意露面，所以即使站起来了，还紧紧地抓着旁边就座的妻子的手。海伦在仪式开始前就曾寻找过他们，那时大家都在忙着和他握手。一个留着山羊胡子的人给了他一个熊抱。当海伦招呼他们时，他还请她引荐安娜的孩子们。他要向他们道歉。他和安娜配型成功，也没有排斥反应。他们来了。"我需要道歉。"海伦知道她需要说一些感激的话。那不就是安娜给她的任务吗？可是这样说会不会让人伤心呢？——因为你，我们又多出了这许多年？她什么都没有说，只是指了指躲在前排的安娜的孩子们。

有那么一瞬，她为捐赠者因大厅响起的掌声感到不安而赞叹。但随后，感激之情充溢了她的心。海伦讲述了他与安娜的通信，还有第一年由于医院坚持双方都需要匿名而闹出的笑话。"当然，"海伦扫视着全场，说，"因为是安娜，所以在第一年举办了'你救了我的命'餐会之后，像今天到场的每一位一样，他也成了安娜最好的朋友。"

现在海伦讲述了她自己第一次在操场上认识安娜的故事，那时安娜说她救治了很多动物，把它们都命名为安娜。

等全场观众都表示过感叹之后，海伦模仿安娜父亲的语气，郑重地宣布，这一切都是华丽的杜撰，他的女儿最多只有几个已经破烂的填充玩具，全场发出了一阵笑声。

这就是安娜想要的。这就是她承诺的，不要让追思会无聊。

海伦的目光投向了茗、卡洛琳和莫莉。她们都赞同地点着头，惊异她把这样的故事嵌入如此场合的本事。但是，从她们的点头里，海伦看到了更多的内容。这是一个约定。不！海伦想喊出来。不，我再也不做这样的事了。我不要为你，为你，还有你做这样的事。我不会讲出我们的故事。八年级时我们试图在餐馆逃单的故事，整个下午都坐在莫莉的车里飞驰的故事，或者卡洛琳带我们找到篱墙的缺口，我们穿过藤蔓和灌木潜入，并把它命名为农庄的故事。

这件事我为我的母亲做过。现在，在这里，又为安娜做。够了。

没关系。看看屋子里的每一张脸，她明白这就是我们该做的。我们在。然后我们也会不在。一段时间之后，我们就变成了故事。

海伦又看向阿萨。她错了，她还要做一次同样的事，而他也会为她做。她知道，虽然不知道会是什么时候。他们要开始新的生活。

最后海伦向乐队点头示意。他们略显庄严地走向乐器："大家好，我们是迷失的宙斯，"贾瑞特说道，等待大家肯定乐队新名字的笑声。"以下是我们的安娜原创的曲子，她就是个天才。"然后乐队开始演奏。

2015 年

1

派对

　　"喔，喔，阿米莉。"鲁本抱起了婴儿，抱在臂弯里。

　　他转了个身，这样婴儿可以看到点缀着花朵的蛋糕，蛋糕上面点着两只蜡烛—— 一只是祝福好运气的，但是孩子却冲着鲁本笑了。

　　爱的热流传遍了鲁本全身。臂弯里满是婴儿的重量带来的熟悉的舒适感。

　　"我们来吹蜡烛吧，我的阿米莉。"鲁本用下巴蹭了蹭孙女绒绒的卷发，"我来许第一个愿吧。"

2

艺术史

　　海伦站得离巨大的画布远了些。整个早上都不顺，她太用力了，好像把整个生命都倾注到了颜料和画笔上。越来越乱，颜色没有层次感，构图沉重，让人烦恼。静止，毫无生气。

　　她没有办法再现那天晚上看到的。

　　不过，她看到了什么？她看着满是草图的墙壁。那里有什么东西。那些草图中有一种东西在流动，主体和外部的形状一起创造了一种包容性，是非凡之人才有的能量，还有亲密，它们亲密无间。

　　但是，展示到画布上却生出了距离感，甚至是疏离。

　　海伦比谁都清楚这样的画该如何做，知道后退一步也许就会发现最重要的瞬间。

　　她可以出去散散步。

她可以给阿萨打电话，求他和她一起去看个早场电影。告诉他在家里等他，在他们的床上等他。

　　她放下画刷，把它扔在调色板上。

　　然后她走出了工作室来到楼梯间，一步两个台阶地跑上楼梯。向上爬八层，然后下到平地；又上去，又下来；重复，再来，直到她又回到画室门前，上气不接下气。

　　那里，在谷仓旁边，海伦看到了被她弄脏的地方。之前她没有注意，那个印迹很明显，好大一块儿。不过她没有把她的压力全部涂在上面。她斜着眼看着，不清楚会变成什么形状。这就是她的工作方式，在访谈中永远避而不谈，听着有些古怪，但是她一直在努力让这些最原初的印迹说话。她相信第一丝灵感，最好是蒙住眼睛——就让记忆握住画笔，让可以对最深刻的自我做瞬间评判的深层记忆握住画笔，不要主观地审视。至少要让最初的记忆留下印迹。那些她没有注意到的，或者看着不那么重要的东西往往能带来惊喜，巨大的惊喜，可能就是巨大的发现。发现就应该是这样。

　　她用拇指按着画布，按出一个印迹，她感觉到了一种形状，那么有质感，精致的质感。就在那里，谷仓的几何图形。她用素描记录过吗？没有，但是海伦还是觉得这里面有着什么意义。

　　她试图回到那个夜晚。那个她们在一起的最后的夜晚。莫莉开车。田野在右边，还有谷仓。她们在车里静静地说着话。窗外是黑暗的田野，窗内是坐在她身边的安娜。有多少次，她都在想，我得告诉安娜。或者，不经意间，她发现自己在拨号。然后停下，没有安娜。好像有个大锤重重地敲遍了她的全身。好多个月她都是这样的状态。几乎无法拿起画笔。就像是流感，这悲伤。或者她会突然惊醒，大汗淋漓气喘吁吁，她需要阿萨，需要他覆盖着她的热度，需要他使劲地要她。然后开始改变，她又开始作画，开始遗忘。每一天，一直在发生，或者然后——还会更糟吗？——有一天那种感觉消失了。再也不想，我要给安娜打电话。

安娜一直握着她的手。

在车里，是的，安娜的手一直在她的两只手中。

她还问了安娜一个问题。她问安娜，她——安娜，害不害怕。在等安娜回答时，她的眼睛望向了窗外，因为她怕安娜会回答"怕"，这时，她看见了那匹马。

马，就在那儿。

就是它，就是她想要看到的。

黑暗中，马沐浴在月光里，而且，马的身体下面，还有一只苍白的马驹。马驹的头伸向妈妈的奶头。耐心的妈妈站在谷仓附近。孩子的脖子伸得很长，窄窄的脸努力向上，够着妈妈。

她攥紧了安娜的手——看，安娜——但是她们的车已经开过了谷仓、马和马驹，路转而向云杉深处蜿蜒。

画笔在海伦手里。"看，安娜。"她在画室里大声喊道。然后，又喊了一遍——"看，安娜"——她向湿湿的画布按去。

白颈麻雀

每一次茗进入大楼，走向通往儿童神经外科的电梯时，身体都感到一阵战栗。真是奇怪，她约的医生的办公室居然就在多年前莉莉做手术的同一家医院。现在，离开医院，穿过十字转门，她冲着门卫挥了挥手，还是那个矮胖的女门卫。

茗沿着第二大街走着。在抵达海伦和阿萨的阁楼，在跳入聊天的漩涡中之前，她需要一个人静静。周围没有变。看着不像是医护人员的住宅区。花店还是那一家。还有，在街区中央，那家叫"莉莉"的美甲店。她在店前停下了脚步。里面的女人们向她鞠躬，做出"请进"的手势。茗忽然哽咽了。那天安娜说什么来着？只是故事的一小部分。莉莉还有一年就大学毕业了。安娜去世两年了。新的故事。茗对着店员鞠躬，挥手示意。

"我不太好。"她练习着。这样说太轻飘飘的。"我病了。"这样说又太夸张。大家都知道她是有约而来，但是在电话里她却没有明说——"我有点事儿要办，因为反正我们要聚一聚。"现在她明白了安娜曾经的含糊。和医生的约会，让她心口发紧。每一件事都紧张了起来。

茗已经厌倦了做中心，今晚她要把这个核心的位置让给卡洛琳。今天晚上，在海伦和阿萨家的聚餐，就是因为卡洛琳说她想见面。

天啊！就几天，一切都纷至沓来——有谁愿意做悲伤的中心呢？

海伦上周打电话时，茗正在外面办公室的门廊上。二十分钟，脚蹬在围栏上，不是冥想。冥想只是她吩咐秘书处理信息时开的玩笑。她在聆听鸟儿的叫声。她闭上了眼睛，多少日子以来，她都无法闭上。她能够辨认出不同的鸟儿的叫声，但却没有在书上查证过。她不在乎，莺、黄鹂、山雀——反正她就随意命名。她喜欢这声音的质地，就像是树林里的星辰，把厚重传到门廊，再蔓延开去。好多天，她好像听到了自己身体的鸟儿在百啭千声。她试图把它融进自己的呼吸里，好像声音就可以填满她。这不是医生推荐的那种所谓激励作用，她怀疑医学到底对鸟儿的叫声有多少研究。她甚至想给安娜谷里的朋友发条留言，向她们表示歉意，因为她们在提议烧一些草药时，她曾给了她们律师式的拒绝。

在这些个二十分钟里，茗都是关掉手机铃声的。但当她看到手机在震动，看到是海伦的来电时，她接了起来。

"卡洛琳让我打电话。"海伦听起来小心翼翼的。

"唔。怎么？"茗听见了三声短促的鸟叫。

"你想得到，又想不到。"

茗猜测是卡洛琳的姐姐自杀了。她已经试过很多次了，这次也许成功了。

"我猜是好事。"

"好像是司机失控了，是卡车。埃利斯一直都不错。有了新工作，一切都还好。卡洛琳不想让我们去参加葬礼。但之后需要见我们。"

又是三声鸣叫。白颈麻雀。

茗沿着格莱美西公园的大门走着。我可以等，我可以再等等，她想。但是，到底是多久，她不确定。医生很明确——没有时间表，或者说无法准确预测。

"是神经系统脱髓鞘。"茗练习着，手指弹着公园的金属围栏。一位母亲和两个孩子突然走到她的前面。母亲在催促孩子们的时候微笑了一下。茗动了动下巴，明白那个女人听到了她大声说的话。

她很难过。替自己难过，为将要发生的变化，为了突然没有办法明白自己的身体。这个强壮、稳定的身体——现在不是了——一直很完美地运转着。有一次安娜曾说，这是身体的巨大背叛。她的步态有些变化，左边身子有些麻木。不是每天，但是偶尔，缓慢发作。她一直很强壮。现在她不明白自己的身体了。什么症状？累，但不是每个人都会累吗？然后是偶尔会出现视力模糊，肋骨下有压迫感，而且有种奇怪的电击似的疼痛会偶尔传遍胳膊。好像有个听诊器抵着她的身体，可是她却听不懂什么意思。

今天医生告诉了她所有的名称，好像是某种安慰。

一种奇怪的安慰。在安娜去世的这两年里，她感觉和安娜更近了。就好像是她走进了安娜曾住过的房间，而之前她没有涉足过。现在她意识到并且明白了她曾经没有留意的一切。曾经，茗只是关注安娜快点好起来，快点回到正常的每一天中来。但是茗现在明白了，安娜过的是一种双重的生活，和疾病相伴的秘密的生活。而且，像任何一种私密的生活一样，那也是一个完整的世界，有家具、有墙纸，也有门，还有私密性的谈话。每一个好的日子，正常的日子，都隐藏着某种不确定和不平衡，因为那种重新发病的可能性随时存在。任何一次偶尔的疼痛也许就意味着已经发病。

过去的两年里，她最想念的就是，和安娜在一起时她自己的感觉。和安娜在一起，比和别人在一起时有更多的欢笑。塞巴斯蒂安不行，别的朋友也不行。和安娜在一起，她是最真实的自己。和安娜在一起时，她一直都是少女，是那个可以不负责任，了无牵挂的少女。小心翼翼的茗，脚踏实地的茗，和安娜在一起她永远是那个不顾一切的茗。

抵达联合广场公园最高处时，她有些打颤了。她不能走下去再走到海伦家了。她得打车，可是她又不记得确切的地址，虽然阿萨和海伦买下这个阁楼以后她来过好几次。这种记忆的模糊是不是一种症状，还是仅仅是因为寻常的大脑老化？

茗慢慢地穿过了联合广场。她半是寻找可以带到阁楼的东西，但主要是想慢下来，休息。今晚她不打算告诉她们，今晚是卡洛琳的。而且，坦白说，卡洛琳的悲伤也许还是小小的解脱。茗认出了她曾住过的哈德逊街上的一个商贩。她以前从未光顾过他的小摊。这里有各种绿色蔬菜，有日本红萝卜，还有蒜薹——这么丰富，令人惊喜，他的产品真是漂亮。她想都买下来。还有当地的苹果酒摊儿，远处还有亚米希奶酪的摊子。她在一个花摊前停了下来，摊主的胡子卷卷的。"下午好，我的女士。"这胡子，还有这奇特的口音。异国风情，而且鲜活有力。他有茶香玫瑰，散发着淡淡香气的麝香豌豆花。非常贵，贵得难以想象。茗弯下腰，嗅着粉色和紫色花的花茎。她踉跄了一下，那个男人扶住了她。"对不起。"她说道，恼恨着自己变得如此地依赖他人。"不，我很幸运。"他躬身说道。她买了两束花，他给包了三束。

落地窗

泰萨站在门口，手里抱着最后一个纸箱。她穿过卧室的落地窗。落地窗和小凉台！在布鲁克林！她无法相信自己的卧室有多棒，还有那么好的室友，那么好的厨房——里面有摆放梅森罐的架子，她们可以用梅森罐当茶杯喝水，还有她好得难以置信的实习机会，好到荒谬！她和妈妈们说过，其他的实习生都是高年级的。有一个甚至都毕了业。但是面试时，他们都被泰萨的编程技术折服。泰萨的自信帮助她获得了这个工作。

生活充满惊喜。如此完全、完美的惊喜。

荒谬！

还没说附近还有泰国餐厅、中东商店，街区里还有一家咖啡厅，里面有无麸质的松饼。

她在布鲁克林有一个公寓，纽约！

惊喜。

她应该告诉她的妈妈们别打开她的露营包，至少不让她们铺床。她们总是要为她干这干那。有时，说实话，是种负担。喂，我已经不是五岁了。但是，她们在床垫上铺床单时还真是表现出了一副傻兮兮的幸福状。如果把枕头拍成方块状会给她们带来幸福，她还能和谁去理论呢？

"你会不会迟到啊？"

"我给海伦打过电话了。她们知道我们会晚些到。她们也都给孩子们搬过家。"

莫莉给拿着箱子的泰萨照了张照片。然后钩钩手指，示意泰萨和赛瑞纳到落地窗那里再照一张。

"我给她们看看证据。"

泰萨放下箱子，用胳膊环住了赛瑞纳。她们对着镜头摆着姿势。泰萨的 T 恤衫有些短，露出了她毫无瑕疵的皮肤。

"你一个人可以吗?"莫莉问道，虽然开车来的路上她曾经发誓不问这种傻问题，也不哭。"你能自己照顾自己吗?"

但让莫莉流泪的却不是泰萨，是安娜——到海伦家看照片，她不会迟到。她不会质疑泰萨可爱的笑容。她不会嘲笑莫莉，还记得你因为泰萨的文身大惊小怪的事儿吗？她不会质疑泰萨会有好的未来。

"妈妈。"泰萨好脾气地拉长声叫道，没有任何嘲讽的意味。"不行。这个夏天我可能要饿死了，因为我不知道怎样填饱肚子。可能我会在地铁里迷路，可能我会受骗上当参加什么专门骗年轻女孩的组织，哦，是啊，我忘记了，我的老板们都是数学迷，他们说那是工作需要。"

赛瑞纳在泰萨的额上吻了两下。莫莉弹了弹照片。

"我们要走了，甜心儿。再让我们高兴五分钟。"

丁香

"等我们人都到齐了，我还有件事要告诉你们。"卡洛琳说。目前她只告诉了丹尼。"你压力太大了，宝贝。"第二天早上她告诉他时他说道。她冲他吼"别叫我宝贝"，就证明他说到了点子上。

她知道自己看见了什么。甚至丹尼也承认自己醒了，听见了歌声，两个人的和声。

"那天晚上丹尼上床以后，我出了一下门。没有什么原因，就是觉得天气和暖，想在院子里坐坐，这是老房子唯一让我想念的地方。院子里丁香开得正盛。尤其在晚上，我会尤其怀念这种夜来香。我听到了脚步声，我以为是丹尼出来烦我，来问我'为什么还不睡'这样讨厌的问题。我转过身，正想呵斥他，但我看见了安娜。'我想我该来看看。'安娜说。"

"这好奇怪。"卡洛琳说，"就是安娜。安娜穿着她的靴子，那双红色牛仔靴。靴子踏在石板上，我意识到那种靴子会发出声响。还有她的声音，真的是安娜的声音，甚至有些词的词尾的重音都一样。我不确定我当时的意识是不是清楚，但是你们明白我的意思吧？是以前的安娜。就是那个戴着棕色护膝，穿着 T 恤和红色牛仔靴的安娜。"

"'喔，安娜。'我说，然后我就说她看起来有多美，但她打断了我。"

"'我们可以唱着歌吗？'"

卡洛琳描述着她们两个如何唱那些不容易唱的歌，如何和声，就像在高中时一样，她一边讲一边看朋友们的反应。"我们唱着《金子般的心》《自然的女人》，当然，唱得最多的是琼尼的《蓝色》。"

"每一次我想问问这是怎么一回事，为什么？可安娜都摇摇头。

"所以我就不问了。有时——确切地说，最开始时——好像还很正常，我和安娜唱着《黄色出租车》。感觉特别正常，真的，感觉比她已经走了这事儿更正常，其实这两年我一直不能接受她已经走了这个事实。我们唱了很长时间。不仅仅是《蓝色》，我们唱了很多七十年代的金曲。那些我们好多年都不再唱了的歌，罗金斯和麦西纳组合，克洛斯比、斯迪尔斯，还有纳什和杨组合的歌。我们大笑，因为我们自己都不敢相信我们居然能记住那么多歌的歌词，甚至还记得《朱迪的蓝眼睛》。我们很开心。为了配上和声，我们唱得好难听，但是我们不在乎。我们拉开嗓门，相互靠近，就像用一个麦克那样靠近。还有一件事，她的身体散发出一股椰子润肤露的香味儿。记得她什么时候有这种味？做全身按摩的时候。'嘉丽。'她突然说。你们知道她怎样喊我嘉丽的。你们都不叫，其他人也不这么叫。'嘉丽，我会照顾她。她会很好的。'然后她就走。走下院子的台阶，走到了草坪上。我不知道该怎么办。跟着她？我想让她停下来。我说：'等等，安娜。你说照顾谁呀？'她走到院子边上，就是孩子们捉迷藏的那片灌木丛。她转过身看着我，那么温柔。即使是在黑暗中，我也看到了她看我的样子。那么善良。'喔，嘉丽，'她说，'就这样吧。'

　　"然后，就是那时，屋里的电话铃响了。

　　"我看着安娜，那种到底怎么回事地看着。

"'你可以相信他们说的话。'安娜说。"

后面的部分卡洛琳在事情发生后的那几天已经给她们讲过了。丹尼喊她，她跑进屋。警察说起了那次意外。埃利斯很快就走了，没受什么罪，他们说。

"我就是等着聚齐了再告诉你们每一个人。安娜和我在一起。她来帮我照顾埃利斯。所以现在，就往前走吧。你们可以说我瞎编。可真的发生过。"

"我也想做那个梦。"海伦用手捧着脸，"请你再给我们讲一遍。"

3

8 月，海星

　　然后，当然，就是房子。是时候处理房子的事儿了。鲁本打了电话，她们都到了。他想过其他可能性吗？她们保证会到。不仅仅是茗、莫莉、卡洛琳和海伦，还有康妮和蕾拉。谷里的其他人也不断地从后门进来。

　　"我们开个派对吧。"鲁本打电话时海伦说，"我们以前总那么干。"

　　现在，鲁本站在屋外的廊上，手扶在一摞贴着标签的塑料收纳箱上。屋里，很热闹。和以前一样，那个三月和四月。都是女人，满屋都是。房间由于交谈而显得活泛。她们总是有那么多话说。孩子的事，谁谁怎么地了，来龙去脉。有问题的就互相询问，回答的人好像也觉得人人都知道前因后果似的。

　　真好，这些聊天。他知道这有好处。

　　还有，鲁本很乐意站在外面，听。还是花几分钟赞美一下

283

过去的四周他干的活吧。他背靠着的门廊新柱子光滑而且结实。

混乱？危险？还有比残骸更糟的词儿吗？不管它叫什么，如果在目前市场不景气的情况下，想要卖，甚至想要出租的话，房子都需要好好修修。两年前就该做了，那时房子空着。真是令人震惊，没有人住的房子垮得居然那么快。过去的两年间，他需要整理自己的生活，所以就把门一锁，把这个地方留给了老鼠。仅是打理取暖设备就需要时间，更不用说钱了。还有二月份时水管的爆裂，那水管已经烂掉了，还有罢工了的电冰箱，更不要提那漏水的屋顶了。或者三月份的洪水，整个八月份的霉臭。这些孩子们都不理解。童年的博物馆，好像他们就关注这些。已经成年了，这无所谓。公寓、工作、爱情，每一个迈向成年的冒险。他们努力要把失去的保存好，这份心让鲁本骄傲。而且现在还有了孙子辈。他们说，我们只是想在节假日能够带着孩子们回到这里来，其实，就是这句话，让鲁本从现实转向了伤感。

但是女人们支持鲁本。好像三个孩子也给康妮和海伦打电话了。"我同意。他们说到了点子上，"海伦告诉他，"然后我和他们说，让他们负担这个地方的所有费用，先负担一年，然后再感觉一下。"

如果房子的事都不能和孩子们达成一致，鲁本知道，他也没有办法处理他从三个月前开始见的那个女人的事了。第一次，感觉有可能继续，而且一切都很顺利。可爱，看着她光着脚站在他厨房的地板上时，跳入他脑海的就是这个词——可爱。侧过身子，看着她醒来。但是他不能把她介绍给孩子们，现在不行。毕竟，就是感觉还行，甚至有一点点可爱，那么还是先保守秘密比较好。

当务之急。先让他们习惯把这房子租出去。

房客打算九月一日入住，他们协商了一个先租后买的合同。他只能希望。

认出这个了吗？当蕾拉用气泡布包一块浮木时，她本来想叫海伦来看。这是安娜和海伦那年夏天在楠塔基特的海滩上寻回的宝贝。蕾拉清楚地记得那个早上——二十年以前？——那时她和安娜的友谊刚刚开始，一次快走的时候，安娜突然很直爽地宣布："在我生这几个孩子以前，那时我还在上大学，我怀孕了，是鲁本和我的。我没告诉他，从来没有。其实我告诉他是海伦怀孕了，我陪她去医院。然后，流产后，我晕了。"安娜描述说她醒来后看见的是海伦惊恐的脸。"我晕了，然后海伦去银行取现金时还碰到了我爸爸。后来，也是那天，我们开了车，坐公交，还有什么其他的来着，我们就到了楠塔基特港口附近吃了油炸蛤喇肉。不是文蛤，是花蛤。有点小伤感。我们就称它为'九个月的小蛤'。鲁本一直不知道，我永远也不会告诉他。"

蕾拉为安娜对她的坦白震惊了。她记得那天路上飘着的清冽而干爽的松树的气味，她也记得后来她和安娜分享的秘密。

现在，蕾拉没有叫海伦，而是把它包了起来，放进了标有"起居室"的已经有了半箱东西的塑料收纳箱里。蕾拉想，我们都来了，她一定会很高兴。在她的房子里的又一次聚会。

她拿起了一个陶碗，包起来之前凑着光看了一下，略带浅黄的粉红色陶瓷那么薄，薄得好似透明一般。

"嘿，那个是我给她的。可能是生日礼物。"卡洛琳说道。

"不对，宝贝儿。你给我的，三十五岁生日礼物。"莫莉坐在地板上把书装箱，喊道，"她说服我，又送给了她。"

卡洛琳笑道："还真是她的风格。"

突然，每一个人都开始七嘴八舌。每一个人都有故事。项链，还有康妮正在包的手绘甜点盘开始是属于莫莉的。

"我最合身的牛仔裤。"康妮说，"她差不多是在餐厅给我扒下来要走的。"

"差不多都要出事故了。"鲁本听见是蕾拉的声音。他从门口探过头去，看见她正在用报纸包盘子装箱。

"一门课。我计划只想听一门。现在正在读博士。谁能猜得到？"

鲁本远远地冲蕾拉点点头。他一点都不知道她开始读博士的事儿。他为什么要知道？在那周他们意外地上了床之后，除了这周打电话告诉她，房子要出租了，朋友们要聚聚，帮他装箱之外，鲁本差不多有一年既没有和她说过话，也没有在谷里碰到过她。

"这都是安娜……"一年前的一个晚上，蕾拉说道。她和鲁本在床上翻云覆雨，他们的头抵着床头。"我知道安娜，是她安排了这一切，她在那儿看着呢。"

"相信我，蕾拉，她没有那么大方。"鲁本轻轻笑道。

他们都认为这不正常，也许对于发生的一切，会有一种正式的说法？但是，不管这种事情是否可以预测，蕾拉和鲁本都没有预见到那个下午和晚上他们在鲁本的床上度过之后还会发生什么，或者没能预见到之后的那个晚上，鲁本打电话过去——就是想知道，蕾拉是怎么想的——然后他冲到了她的家，在还没有上楼之前，两个人就已经纠缠在了一起，依然疯狂、急切、激烈地做爱。

"书里一定有这样的描述，因为悲伤。"

"性爱与悲伤。"

鲁本坐在枫木原色的桌前，看着蕾拉在厨房里走来走去。他喝下了自己那杯葡萄酒。他们两个都饿了。他以前注意过她脖子后面那个弯弧吗？坐在厨房，看着一个熟悉的女人走来走去，就像是收到了一件礼物。把大蒜切碎，从窗台上养着的植物上揪几片叶子，她停下来拂开挡住脸的头发，盘成一个髻，把发梢塞到里面，这样就不需要卡子了。她不时地转过头看他，她摇头，或是在笑。

拿起一把干的意大利面，她指着他说——"鲁本，这不是个好主意"——然后把意大利面散开，放进锅里。

"这根本就不是个主意。"

"我不会告诉任何人，永远。"

"那我们可以再做几次？"他哈哈大笑。

其实，他自己也不确定，是不是还想，但是鲁本感觉很轻松。上一次感觉如此轻松是什么时候？他为什么就不能想要呢？快乐，纯粹的荷尔蒙释放。当然是他的，但也是她的。给予快感——鲁莽而持久——而不是小心翼翼，担心无法承受的身体。

"你得承认，蕾拉，我们感觉很好。它有治愈作用。"

"别在我身上玩马文·盖伊那一套。它就是它本身，就是这样。"

她把意大利面捞出来，放入搁在他们之间的桌上的碗里。她又给他倒了杯酒。他们狼吞虎咽地用一个碗吃了起来，叉子指向意大利面，直到一根儿都没有剩下。

然后在上周，鲁本打电话告诉蕾拉关于出租房子前装箱的事儿，他问："你好吗？"蕾拉回答说她很好。当然她已经从康妮那里听说了装箱的事，她会过来帮忙。

"我很希望我们还能一起出去。我不想结束我们的友谊，鲁本。我只是想，我们之间保持一点点距离，对我们俩都是好事。"

"时间可以解决一切，蕾拉。需要时间。"

"我看见你漂亮孙女的照片了，而且我也听到了关于你甜蜜的传言了。"

"相信谷里的传言是很危险的。"鲁本笑了，没有否认。

"哎，相信我，我为一切幸福的事高兴。为你的幸福，一切幸福。"

茗坐在蓝色的情侣座上休息，莫莉在旁边和她聊天。她们发现只有这样才能让茗休息一会儿。她已经开始用拐杖了。尽管她抗拒，说这只是为了让塞巴斯蒂安心安。但是她们知道她摔过跤。她到的时候，看上去已经精疲力竭。可是，让她慢下来，还是不可能。

莫莉向后仰着头。"她喜欢那个愚蠢的水晶吊灯。"她说，"我可不要那玩意儿。"两个女人看着它，看见了上百个水晶球反射出来的光晕，空气中的灰尘好像也晶晶亮。

"她太喜欢这些东西了，"莫莉轻轻地说，"然而，她却都放弃了。"

"我还不想放弃呢。"茗说，"你知道就是这样。"

隔壁有人在哭，意料之中的，但是别急，不要让情况失控。如果大家都哭起来，就什么事情都做不了了。而且这是有可能的，他们约定好了说多少，承认多少这个事实：她不在的聚会有多奇怪。

尤其是，她无处不在。每一个人都拿着她的一件物品。

看看搁板桌上那些摆放得井然有序的东西吧：深蓝色玻璃缸里的海星，骨瓷的盒子，三个青灰色的相框，里面镶嵌的是缺了牙齿的咧嘴笑着的孩子的照片。

而后又有人在哭。梅森罐已经被人用报纸包起来了。那些红雀羽毛是该收起来，还是抛弃呢？还有那么多事情要做。

卡洛琳和海伦从冰箱里掏出了许多照片。她们掏得很慢，是因为冰箱简直就是一个大杂烩——照片、生日卡、明信片，一摞又一摞——更多的是因为她们俩总是让对方慢下来。有这么多要看的，想评论的：小学班级和足球队的每一张照片；三个孩子，还有他们孩童时的照片；然后是胭脂鱼[1]发型和蓬松的发型照片，所有难看的发型照片；牙齿矫形时的照片；跳马、游泳比赛的照片，还有安娜和弟弟们在华盛顿山顶上拍的照片；表兄弟姐妹婚礼的照片；安娜长子婚礼的照片。

"这张是哪年夏天照的？"她们都弯下腰看安娜和鲁本以及三个孩子拿着龙虾的照片。

"仔细看，你就想起来了。快想，那个雷耶斯岬啊，那个夏天双胞胎同时摔断了胳膊。"

还有其他孩子的照片，他们的部落。瑞思迪和莉莉扮成了费雷德和金杰，还有万圣节的海盗造型。还有卡洛琳度假

1　胭脂鱼发型（mullet），是指一种上短、侧短、后边长的特定发型。

时头戴头盔、身穿冲锋衣和手握短桨站在一个皮划艇旁边的照片，满脸惊恐。泰萨和莎娜穿着美人鱼外套。还有一张又一张海伦寄来的明信片，记录着每一次画展的开展。

"她简直是我的档案馆馆长。"海伦笑道。

"你很幸运。"卡洛琳说。

她们一张一张地揭着摞在一起的照片，小心翼翼地，害怕揭坏，然后放进一个棕色的袋子里。

她们一生都在考古，由安娜策划。

在一个表兄婚礼上拍的家庭合影下面，有一张宝丽来快照，那古老的、熟悉的方形照。

"看，这张是在福克斯路拍的。"卡洛琳说。照片里有石板路，还有安娜家门前的三级水泥台阶，就像是福克斯路上的都铎王朝，很容易辨认。

她们都在这张小小的方形照片上——卡洛琳、莫莉、茗、海伦，还有安娜——她们都在安娜家的草坪上。洒水器就在前面的地上，留下一道水的弧光。女孩子们用手撑着地，玩着倒立。她们上身都穿着泳衣，下身都穿着牛仔短裤，好像是她们统一好的制服。

"我们当然计划过的。"海伦弯下腰往前凑凑，她的手指抚摸着照片白色的边缘，"我记得我们一起把牛仔裤剪短的。"

那是六年级时的夏天。学校开学前，八月的最后一天。有太多需要担心的事情：谁去哪个班？担心七年级的代数，担心老师有一百岁了，担心八年级时得不到 A。

女孩子们花了好多天练习倒立。老友。就是那个夏天，她们有了这个名字。

倒立的是安娜，她们需要记住这个瞬间。她们每个人都能做这个动作。安娜和海伦学过体操，茗在潜水队，学过倒立和后空翻。只有莫莉和卡洛琳需要学习，安娜说，那不难。第一步是练习两腿岔开。她们可以脚尖碰脚尖保持平衡。牛仔短裤、泳装上衣、中间分缝儿并扎成辫子的发型，都是她们舞蹈编排的一部分。

在第一个下午结束之前，她们又修改了计划，改成每一个人倒立，保持足够长的时间，好让安娜的弟弟拍照。

"我是最笨的。"

"不，看——"

因为倒立，每个人的脸都模糊不清，但是卡洛琳和海伦还是认出了每一个人，那年轻的少女的身体。卡洛琳有些摇晃，腿和膝盖有好几个影子重叠在一起。她旁边的莫莉，腿踢高了之后变成了斗鸡眼儿，手上的重量不平衡。她立不直，身体已经开始弯曲。茗立得笔直，像男孩子一样信心满满，感觉她可以倒立几个小时。安娜的后背像体操运动员一样呈弓性，脚尖绷直，一只脚侧过去够海伦的脚。海伦的一只脚和安娜的脚连在一起，用另一只脚摆了一个华丽的姿势。

海伦记得，她和安娜计划把脚像洒水器喷溅的水花一样相交，她们做到了。

"安娜和我当时还有个梦想，参加奥运会。"

"那得花两天时间好好练练啊。"卡洛琳斜靠着海伦，"我感觉自己就像一个木头人。"

"你是。"海伦把自己的脸贴在卡洛琳脸上，"但是，看，你做到了。"

"我的确做到了。"有趣的是，这么多年过去了以后，卡洛琳终于有了一丝骄傲的感觉。但是在少女时代，她却觉得自己很笨很笨。其实她们都是如此，她们每一个人都有要对少女时的自己讲的话。她们应该抛却那些无谓的符咒。卡洛琳发育迟缓的身体和莫莉突然发育的身体一样，都不是什么背叛。同样的短裤、泳装上衣，编成法式辫子的头发，还有少女们的倒立，都是成长变化的自我。在宝丽来快照宽边的范围之外拍下的是她们小城的街道，还有卡洛琳的姐姐埃利斯，那时她还是一个快乐热情的十年级少女。

"我们都做到了。"

"茗，莫莉，过来。"

"我们忙着呢。"莫莉嚷道。她不能相信其他人已经忘记了向塞巴斯蒂安发过誓，不能让茗太激动。她们还记得茗不仅仅是行走困难吗？茗正在失去视力——像她所说，大厅已经变成了锥形的、狭窄的空间。

"不，你们俩得来看看我们发现了什么。"海伦说道。

"什么?"茗已经推开了扶手椅,她用手杖来帮助自己保持平稳。莫莉伸出手,不是为了抓住她的手,而是把手放到茗的肘部附近,防止她踉跄或是摔倒。

茗和莫莉慢慢地,在安娜洒满阳光的起居室里成堆的箱子之间蜿蜒而行。

海伦紧紧地握着卡洛琳的手,卡洛琳使劲儿地回握——是的,是的,我明白。现在看来,一切都很好——戴上了双光眼镜,花眼的度数越来越深——做彼此的眼睛,做彼此的见证者,这就够了。等足够长的时间,老友真的老了,安娜可能会告诉她们——即使那个时刻到了,我们也曾经来过。但是我们见证的并不仅仅是衰老,或衰老带来的后果。谁能说,刚才不是安娜在对海伦说——海丽,此刻就是一幅画:满屋的凌乱,夏日的阳光洒在最最亲密的朋友的脸上,她们聚在一起,装箱。茗在莫莉的帮助下帝王般地穿过房子,两人分享着专属于她们两个人的笑话。私密,这难道不是最有趣的部分吗?还有其他人,她们是如何避开了不能触碰的话题,用笑声融合在一起?其实,生活一直是这样,总是会有意想不到的快乐。午后的太阳把裹挟着灰尘的金光洒在已经老旧了的地板上,看着茗拄着拐杖的样子,让人忍俊不禁——即便仅仅是那么一瞬——也掩住了悲伤和忧虑。

"是什么,这么重要?"茗来了,她空闲的一只手伸过来拿过海伦递给她的那张照片。

"是我们,无与伦比的我们。"

致谢

首先，而且永远要感谢的是南希·洛克兰德-米勒，是她敦促我写了这本歌颂友情的书——希望这部小说没有辜负她的期望。

　　如果没有一直以来融贯于我的生命、塑造了我的世界观的友情的滋润，这本书根本就不可能完成。那美丽、斑斓、庞大的朋友群体给予我的一切，无法用语言来表达。

　　我想把全部的感激和爱献给比尔·克莱格，这位多年的密友、睿智的读者、出色的代理人。我还要向卡罗尔·德桑蒂编辑的严谨、宽容和才华表示深深的敬意。我还要对所有为本书做出不懈努力的克莱格代理公司和维京企鹅出版集团的各位大声地说一句"谢谢"。特别感谢聪慧而细致的文字编辑莫林·萨格登和克里斯·卢梭，有了你们，本书才得以避免一些讹误。

　　感谢弗兰·安特尔、翠西·罗杰斯、索尼娅·戴尔·

佩拉尔、玛蒂娜·韦尔默朗、玛丽亚·巴塞斯库、玛丽·豪、奥纳·摩尔、丹妮·夏皮罗、梅林达·洛克曼-范恩和艾玛·赫德曼，感谢他们给予这部小说的关注、建议和热情。鲍勃·韦茨曼博士、罗伯特·查多·坎贝尔博士以及"禅宗特别护理中心"帮助我深入理解了医疗诊治及临终关怀方面的诸多问题。我还要大声感谢苏珊娜·加德纳，她的唱片帮助我和我的主人公用歌声驱走黑暗。感谢洛克兰和洛克兰-米勒两个家庭，这些年来为我提供了安身之所。一天又一天，我能享受作为读者的幸福，要感谢那些诗人和作家，他们的著作不仅慰藉了我，而且引领着我走得更远，活得更真。对于我的家人，我一直心存感激——我的父亲、克劳迪娅和杰西卡——是你们，给了我信念和真诚。我总是感激我的儿子们——约拿和加布里埃尔，在这儿，我还想再一次表达我的感激之情，你们的洞见（字面意义上的或是隐喻意义上的）打开了我的心扉，凝聚了我目光的焦点。还有那些新生代——赞恩、韦恩和达拉——感谢你们对我的宽容。

哦，布鲁斯·范·杜森。每一天，我的每一天都满是惊喜。幸运有你。

真心感谢古根海姆基金、海德布鲁克组织、博格集群操作系统、奥特布鲁克系统以及莎拉劳伦斯学院，感谢你们给予我的宝贵的支持、资料，还有时间。

最后我要说的是，这部小说虽出自作者想象，但却以真实生活中的地点、人物和事件为蓝本。我要感谢每个人的慷慨，也许他们会在本部小说中捕捉到自己的影子，以及自己不经意间曾流露过的片语只言。